U0458811

SHORT CLASSICS
短经典精选

THE DRIVER'S SEAT

Muriel Spark

对不起，我在找陌生人

〔英〕缪丽尔·斯帕克 著　李静 译

人民文学出版社
PEOPLE'S LITERATURE PUBLISHING HOUSE

著作权合同登记号　图字 01-2021-4429

Muriel Spark
THE DRIVER'S SEAT

图书在版编目(CIP)数据

对不起,我在找陌生人/(英)缪丽尔·斯帕克著;
李静译. —北京:人民文学出版社,2022(2023.11 重印)
(短经典精选)
ISBN 978-7-02-016832-3

Ⅰ.①对… Ⅱ.①缪… ②李… Ⅲ.①中篇小说-英
国-现代 Ⅳ.①I561.45

中国版本图书馆 CIP 数据核字(2022)第 042366 号

总 策 划　黄育海
责任编辑　朱卫净　潘爱娟　邰莉莉
封面设计　好谢翔

出版发行　人民文学出版社
社　　址　北京市朝内大街 166 号
邮　　编　100705

印　　刷　凸版艺彩(东莞)印刷有限公司
经　　销　全国新华书店等

字　　数　56 千字
开　　本　889 毫米×1194 毫米　1/32
印　　张　3.125
插　　页　5
版　　次　2022 年 7 月北京第 1 版
印　　次　2023 年 11 月第 2 次印刷

书　　号　978-7-02-016832-3
定　　价　45.00 元

如有印装质量问题,请与本社图书销售中心调换。电话:010 - 65233595

目录

001 | 第一章

011 | 第二章

018 | 第三章

036 | 第四章

061 | 第五章

081 | 第六章

090 | 第七章

第一章

"而且这料子还不留痕渍。"售货员说。

"不留痕渍？"

"这是一种新型面料，"售货员解释，"经过特殊处理的。不沾印子。要是溅上点儿冰激淋或者咖啡什么的，在这料子上挂不住的。"

这名顾客，一位年轻女性，突然猛扯领口的扣子和裙子拉链。"把这玩意儿从我身上脱下来，脱下来，赶紧！"

售货小姐对她的顾客嚷嚷起来——这名顾客刚才还很中意这件颜色亮丽的连衣裙。这裙子白底上印着绿紫相间的格子图案，绿格子里套着蓝点点，紫格子里套着樱草色的点点。这款裙子并不算畅销，其他款式的新型防污渍面料的裙子都卖出去了，但这款没有。还有同款不同码的其他三条，也都挂在后面库房里等待着下周促销期间的大减价——对于大部分顾客的品位来讲，这款裙子确实太扎眼了。然而这位此时正从这条裙子里挣脱出来、裙子被她忍无可忍地甩在地上的顾客，就在刚才试穿的时候脸上似乎还挂着满意的笑容。她甚至还说："这就是我的裙子。"售货员提醒这裙子还需要锁边。"可以，"这位顾客答道，"但我明天就得拿到。""我们礼拜五之前都弄不了，不好意思。"售货小姐解释。"哦，那我就自己弄得了。"这位顾客说道，然后就转向落地镜欣赏起自己的侧面来。"很合适。颜色也好。"她说道。

"而且这料子还不留痕渍。"接着售货员就说了这句话，与此同时还瞟了一眼同样卖不出去的另一件防污痕面料的夏季连衣裙，显然是希望能够一并推销给这位识货的顾客。

"不留污渍？"

紧接着这位顾客开始从裙子里往外挣脱。

售货小姐嚷嚷起来，好像嚷嚷有助于她解释得更清楚："特殊处理的面料……您要是溅上点儿雪利酒，一擦就得……小姐，小姐，这领子要被您扯坏了。"

"你认为我平时往身上溅东西？"顾客尖声质问，"我看着像不会规规矩矩吃饭的人？"

"小姐，我只是给您介绍面料，您刚才说您要出国度假，旅游免不了蹭上点儿印子。您别这样对待我们的衣服。小姐，我就说了句防污渍您就这样了，刚才您还挺喜欢这裙子的呢。"

"谁请你推荐防污渍的裙子了？"这名顾客也嚷起来，动作迅速，目标明确地穿回她自己的衬衫和裙子。

"您刚才不是还挺喜欢这颜色来着？"售货小姐一路嚷下去，"我要是没提防污渍这码事，跟刚才有什么区别？您不照样还是喜欢这料子的吗？"

顾客拎起她的包几乎一溜小跑冲向大门，两侧的顾客和其他售货员全都看得目瞪口呆。到了门口她又转过身来，眼中满是不容置疑的、对自己彻底控制住局面的得意："我拒绝被这样羞辱！"

她走在宽阔的大街上，在沿街的橱窗里搜索她需要的那条裙子，那条必要的裙子。她的嘴唇微微张开，她这个人平时都是双唇紧闭，带着一股对财务室的不满——她从十八岁起一直在这个部门工作，除了请过个把月的病假，已经在这工作了十六年零几个月。她的嘴唇，除了说话和吃饭，基本紧闭成一条财务报表里比着尺子画的直线，再经过她老气的口红强调之后，这张充满决策性和批判性的嘴，简直成为了一台精密的仪器、一名严格为口腔把关的看守。她手下有五女两男。她上头有五男两女。她的顶头上司今天下午放了她半天假，出于好意，周五下午。"你还得收拾行李呢，莉丝。回家吧，收拾，休息。"她没接受："我不需要休息。我还有这么多活得干完。看看，这都是。"这位领导，又矮又胖，隔着眼镜惶恐地看着她。莉丝微笑着低下头继续伏案。"不着急，等你回来再干。"他又说，当她再次抬起视线时，他的无框眼镜后面是坚定、带着蔑视的眼神。然后她就歇斯底里地大笑起来。笑完又哭成一个泪人。其他办公桌纷纷掀起一阵混乱，这位矮胖领导颤巍巍地往后躲，她意识到她又在干她已经五年没干过的事。在她冲向洗手间的途中，她对试图跟上来或协助她的办公室全体成员大喊："谁也别过来！我没事！能有什么事？！"半小时之后他们对她说："你需要好好休个假，莉丝。你得正儿八经度个假。""我马上就去度假，"她说，"我马上就要享受属于自己的时间。"她巡视了一圈手下的两男五女，以及那位战战兢兢的领导，嘴唇恢复成一条笔直的、能把他们全体都一笔勾销的横线。

现在，从那家店铺出来之后，她继续徜徉在这条大街上，嘴唇微张，仿佛在接收一种神秘的味道。事实上，她的鼻孔和眼睛都比平时张得更大了，虽然看上去区别甚微，但它们都坚定不移地协同她微张的嘴唇朝着同一目标挺进：觉察到她必需的那条裙子。

在进程中她突然拐进了一栋百货大楼。在度假商品区她看到了那条裙子。柠檬黄的上身，搭配印有 V 字形图案的裙身，橘黄、淡紫、天蓝三色相间。"这料子防污渍吗？"她穿上这条裙子，在镜子里打量自己。"防污渍？这我就不知道了，女士。这是一种水洗棉，但叫我说，最好还是送去干洗。可能会缩水。"莉丝笑出声来，售货员继续介绍："我们可能没有防污渍的料子。我还真没听说过。"莉丝把嘴抿回一条直线，说道："我要了。"她又从旁边衣架上取下一件红白窄条相间的夏季薄外套，白领子，快速套上身。"当然，这两件搭配不合适，"售货小姐说道，"您得分开看效果。"

莉丝似乎没听见。她仔细观察自己。前后左右地在试衣间的镜子里观看效果。她把外套领口敞开一部分露出连衣裙的前襟，她嘴唇微张，眼睛微眯，呼吸的一瞬间仿佛有些恍惚。

"您这么看看不出这件外套的效果，女士，套在这条裙子外面。"售货小姐又说。

莉丝突然回过神来，睁开眼睛，抿紧嘴唇。售货小姐还在继续："这两件您不能这么穿在一块儿，这件外套其实很显效果，里面配一条单色的裙子，白色或者深蓝的都可以，要是晚上有什么场合……"

"这两件搭配在一起毫无问题，"莉丝打断她，脱下外套小心地交给售货小姐，"我要了，还有这条裙子，我可以自己锁边，"她伸手取过自己的衬衫和裙子继续说，"这裙子和外套的颜色我穿绝对合适。颜色相当自然。"

售货员赶快缓和气氛："您觉得合适就合适，女士。最后穿的人还是您自己，您说是吧。"莉丝扣着扣子，仍显得不满。她跟随着售货员到收银台买单，等候找零。售货员先找给她零钱，然后把装着她的新衣服的巨大厚重的纸袋递给她，她从袋子顶端打开一条缝往里张望，然后伸进去一只手把包装衣服的一层薄绵纸撕开了一个角。她显然是在确保收到的商品无误。售货小姐张嘴正欲说点什么，甭管是"没问题吧"还是"女士谢谢您，再见"或是"您放心，没错的"都被莉丝抢先一步："这些颜色搭配完美。北方人对颜色就是无知。保守，过时。完全不懂！这些颜色在我这都是自然的融合，绝对自然。"没等对方反应过来她就转身离去——并没转向直梯，而是转向扶梯，不依不饶地穿过展示在两侧的衣裙。

她骤然在扶梯口停下回头，然后露出笑容，仿佛一切都如她所料。那位售货员小姐，果然以为她的顾客已经在视线和听力范围之外了，马上跟另一位穿黑裙子的售货员惊呼起来。"那些个颜色全凑一块儿！"她说道，"简直要命了那些个颜色！她还说完美自然，自然！她还说北方……"她突然顿住，发现莉丝在那儿盯着她看。惶恐中她摩挲着衣架上的一条裙子，嘴里支吾着什么试图避免动作表情变化得太明显。莉丝大笑着乘扶梯下去了。

"行了，玩得高兴，莉丝，"电话里传来祝福，"给我寄张卡片。"

"那当然。"莉丝回答。她挂断电话的时候发自内心地笑起来。她笑得停不下来。她到洗手池接了一杯水，汩汩地喝了下去，然后又一杯，几乎呛着自己，她再喝了一杯。她止住了笑，上气不接下气地对着电话那头沉默的人说道："那当然，那当然。"气还没喘匀，她疲惫地拉开墙上的座椅，座椅展开变成一张床，她脱下鞋，把鞋摆在床边。然后把装有新裙子外套的大购物袋放进行李箱旁边的壁橱里，行李箱已整装待发。她把手提包放在床头灯架上，随后躺了下来。

她表情严肃地躺在床上，先是凝视着棕色的松木房门，视线仿佛看穿了这扇门。目前她的呼吸已恢复正常。这间屋子带着一丝不苟的整洁。这是一套公寓楼里的一室户。室内设计师在这个项目之后获奖无数，他现在已经名扬四海，费用远不是普通小康业主能承担得起的了。房间里的线条十分纯粹，空间切割本身就是整体风格的一部分，松木走线精巧地勾勒出每个区域——全得仰仗当初还年轻、没名气、勤勉自律的设计师精准和禁欲的设计风格。这栋公寓楼的地产商非常清楚这些松木内饰的价值。现在松木几乎跟那位设计师一样稀罕了。但到目前为止，法律制止了他们猛涨房租。十年前莉丝搬进来的时候这栋楼还里外全新。她几乎什么也没添，也几乎没什么可添的，所有家具位置都是固定死的，都能延展出多项功能，并且能够折叠摆放。六把椅子叠摆在一面镶板上，假如房客有六名客人要招待的话。写字台可以延展成一张餐桌，在不需要的时候，也能够完全折叠收到松木墙板上。折叠灯的支架也可以从墙上延伸出来形成一盏壁灯。床在白天是一张窄椅，头上还悬着一组书架。晚上将它翻开来，就变成过夜的床铺。莉丝在地上铺了一小块希腊图案的块毯，在沙发的座位上铺了一块粗棉布。她并没像其他租客一样挂上不必要的窗帘，她的窗外近距离内并没有其他建筑，夏天的时候她把百叶窗放下来，留些缝隙透光。这个房间的隔壁是一间储藏室—小厨房，里面的物什也一应遵从相同的设计，能够折叠起来，还原天然松木的庄重大气。卫生间也一样。什么都不用摆在外面，什么都不用摊放得到处都是。床架、房门、窗框、吊柜、壁橱、书架、能延伸的写字台、能叠摞的餐桌——全都用如今普通的单身公寓根本见不到的高级松木制成。莉丝将她的公寓保持在最简明扼要的程度，以至于她每天下班以后，回到的似乎是一套没被人住过的房子。那些曾经在林中摇曳的高耸的松树，四周散落着满地的松果，如今都被驯化成沉默、服帖的板材。

莉丝的呼吸听上去像是她已经睡着了，十分疲惫，但她的眼皮似乎时不时微微张开，她摸到灯架上的棕色皮包，撑起身，把皮包拽过来。她单肘撑在床上，把包里的东西都倒出来，罗列在床上。她一一拿起来过目，仔细检阅，再把它们放下。一只封口的信封是旅行社给她的机票，一面小美容镜，一支口红，一把梳子。还有一串钥匙，看到这个她面露笑容，双唇也张开了。不锈钢钥匙环上套着六把钥匙：两把耶鲁牌房门钥匙，一把大概是功能性橱柜或者抽屉的钥匙，一把银色金属小钥匙通常用于拉链行李箱，还有两把汽车钥匙。莉丝把车钥匙从钥匙环上取下来放到一旁，其他的东西——放回包中。她的护照包在透明塑料封套里，也被放回包里。她的嘴唇抿成一条直线，她做好了第二天启程的准备。她取出新外套新裙子，挂在衣架上。

第二天早上她穿上新装。一切就绪时她拨通了一个电话号码，同时在镜子中观察自己，此时这面镜子还没被隐藏到松木墙板的后面。对方接起了电话，莉丝摆弄着她浅棕色的头发。"玛戈，我现在出发了，"她说道，"你的车钥匙我装在一个信封里留给楼下的门房，好吧？"

电话里的声音说道："谢谢，假期愉快，玩得高兴。给我寄张卡片。"

"好的，当然，玛戈。"

"那当然。"莉丝说着挂了电话。她从抽屉中取出一个信封，在上面写了一个名字，将两把车钥匙放入其中，封上了口。接着她打电话叫了一部出租车，把行李箱拎到楼道里，拿上她的挎包和信封，出了门。

她下到底楼，走到传达室的窗口外面——这间房间也镶了墙板，她按了铃，然后等在那。里面还没人出现，外面出租车已经到了。她朝司机喊道："马上就来！"同时示意她有行李，司机随即过来取走。他将行李箱堆到前座上，这时，一个身着棕色工作服的女人出现在莉丝背后："您找我，小姐？"

莉丝转过身来，手持装有钥匙的信封正要开口，只听这女人叫道："哎哟喂，老天爷，这颜色！"眼前的莉丝敞着红白条纹外套，里面上衣明黄的前襟，下面是黄紫蓝三色相间的 V 字形图案的裙子。这女人爆发出一阵大笑，好像压抑一点这个乐子都会吃了亏似的。她大笑着打开松木房门走进传达室，拉开对外窗口的玻璃，当着莉丝的面放声大笑。她问："你是要去马戏团报名吗？"然后她把头发甩向脑后，乜斜着眼俯视着莉丝这身打扮，继而发出妓女常见的那种高亢、频繁的、像干咳的大笑，一边双手捧胸，防止胸口的那两团颤得太厉害了。莉丝平静中带着庄重，说道："太无礼了。"但那女人笑得更厉害了，这次笑得并不由衷，而是充满鄙夷和故意弄出的声响，显然是存心要对莉丝平时付小费时的吝啬，甚至从来没给过小费的一贯作风表明自己的态度。

莉丝平静地走向出租车，手里还拿着那只装有钥匙的信封。她盯着手里的信封，没能把它留给门房，但究竟是她决定不留，还是被这么一闹，搅和忘了——仅从她庄严的脸庞和微张的嘴唇上，旁人无从得知。那女人追到大门口，好像一只装满大笑的瓦斯罐一样持续喷射大笑的噪声，直到出租车驶出她的射程。

第二章

莉丝身材瘦削。她身高大概五英尺六①。头发浅棕色，也没准染过，从发际线中间到头顶扫过浅色的一缕；两侧和脑后剪短，发型高耸。她的岁数大概少不过二十九，老不过三十六，不出这个范围。她到了机场，迅速付了出租司机车费，表情高深莫测，透着一股对离去的迫不及待。对行李员也一样，他提着她的行李跟随她到柜台称重，她仿佛没看见他。

她前面排着两个人。莉丝的眼距很宽，蓝灰的眼球没有一点神采。双唇抿得笔直。她既谈不上好看也谈不上难看。她的鼻子较短，并且比她即将登在四种语言的报纸上的肖像要宽，那张画像部分基于警方的容貌拼图技术，部分基于实拍。

她看着排在前面的两人：排在第一个的是个女人，她身后是个男人。她从一侧晃到另一侧，要么是想从侧面辨认出她是否认识他

---

① 大约 1.70 米。

们；要么是想释放一些——从她的动作表情能看出——她可能感到的不耐烦。

轮到她时，她以迅雷不及掩耳之势把行李放到行李秤上，机票摆到值机工作人员面前。在他验票的工夫，她回头看排在背后的两口子。她盯着他们的脸看了一阵子，又回过头来看工作人员，丝毫不介意他们回视她的目光，以及他们对她艳丽装束的一致觉察。

"有手提行李吗？"值机员抬起头看了一下柜台。

莉丝露出不自然的笑容，上牙尖抵住下嘴唇，倒吸一口气。

"有手提行李吗？"这个忙碌的年轻办事员看她的眼神就好像在说："你这是怎么了？"莉丝的声调跟她昨天买这身扎眼的行头时跟售货员，或者在电话里，或者今天早上跟传达室那个女人说话时完全不同——此刻她用一种小女孩的声音回答，旁人可能认为这就是她平常的声音，即便听着非常难受。她说："我只有我的随身手提包。我秉承轻装出行的理念因为我经常旅行，我知道要是带着大件手提行李上飞机把脚底下的空间都占满，对周围的乘客会多不方便。"

这个值机员，几乎是一瞬间同时长叹一声、嘟起嘴唇、闭上眼睛、用手捂住脸颊、双肘撑在桌面上。莉丝转身对她背后的两口子慷慨陈词："像我旅行这么频繁的人必须轻装出行。我跟你说，我几乎连行李箱都没带，因为你在目的地那头什么都能买到，我带了这个箱子的唯一原因就是要是没有行李，进进出出海关都会对你产生怀疑。他们会认为你走私披藏毒品钻石之类的。所以我才打包了些度假的日常用品，但其实完全没必要带。因为你要知道用四种语言旅行了这么多年，你心里都有数——"

"小姐，"值机员直起了腰，给她的机票盖了章，"您挡着后面的人了。我们很忙。"

莉丝从一脸迷茫的两口子转回到值机员面前，他把她的机票和登机牌推给他。"登机牌，"他说，"广播将在二十五分钟内通知您的航班登机。下一位。"

莉丝拿起票据转身离开，仿佛正在琢磨下一段行程的手续。她把票放进手提包里，拿出护照，把登机牌夹在里面，然后径直向护照检查岗亭走去。一切就好像，她非常满意自己已经和成百上千名暑期游客一样成功地在机场登记了自己的存在，她已经完成了通向一个伟大目标的一小步。她走向海关官员，排队出示了她的护照。现在，拿回了护照，她推开了通往离港大厅的门。她既谈不上好看，也谈不上难看。她的嘴唇微微张开。她停下来看离港信息牌，然后又继续前行。周围大部分人都忙于购物或者研究航班信息，顾不上注意她，但也有些坐在皮椅子上、身边围着行李和小孩的等着登机的乘客在她走过时盯着她看，嘴上没说，但心里打量她这身辣眼的颜色：红白条相间的外套，宽松地套在她的连衣裙外，裙子的上半身是亮黄的，下身黄紫蓝三色相间。他们盯着她看，在她经过时，就像看那些裙子特别短的女孩，或者看那些穿着紧身印花衬衫或半透明衬衫的男人一样。莉丝的显眼只是因为她这一身颜色的异常搭配，跟她已经过时了好几年的裙摆长度形成反差。她的裙摆刚好遮住膝盖，和此刻涌入候机室很多其他女乘客身上文雅但颜色暗淡的裙子长度差不多。

莉丝把她的护照放进手提包里，登机牌拿在手上。

她在书报亭停下，看了一眼手表，然后开始浏览平装本的区域。一位头发花白的高个妇女原本盯着桌上的一摞精装书籍巡视，这时转过身来，指着那堆平装本，用英语问莉丝："那里面的书的封面是以粉色、绿色或者米色为主的吗？"

"您说什么？"莉丝礼貌地答道，操一口外国口音的英语，"您要找什么？"

"哦，"那位女人说道，"我以为你是美国人。"

"不是，但我能说四门语言足以令我自如沟通。"

"我从约翰内斯堡来，"那位女人说道，"我在约堡有这么一套房子，在开普敦的海角还有一套。我儿子，他是个律师，他在约堡有一套公寓。我们所有的房子都有空余卧室，总共两间绿色的、两间粉色的、三间米色的，所以我想找几本书搭配。我愣是没看见任何淡一点的颜色。"

“你想要英文书，”莉丝说，“你应该在门口那边能找到英文书。”

“那边我已经看过了，也没看到我的颜色。这边不是英文书吗？”

莉丝说道：“不是。甭管是不是，这边的颜色都很鲜艳。”她微微一笑，然后张开嘴巴，开始迅速巡视那些平装本。她挑了一本白底上印着鲜绿色书名的书，作者名字的字体呈蓝色闪电形状。封面中间画着棕色皮肤的男孩和女孩，浑身上下只戴着向日葵花冠。莉丝交了钱，白发妇女说：“那些颜色太鲜艳了。我什么也没找着。”

莉丝把书拿在胸前，愉快地笑出声来，抬眼看着这位白发妇女，仿佛是想知道她的收获是否受到了艳羡。

“你是去度假？”白发妇女问道。

“对。三年以来头一次。”

“你经常旅行？”

“不经常。钱太少了。但是我现在马上要去南部。我以前去过那里，三年前。”

“那我祝你玩得愉快。非常愉快。你看着就愉快。”

这位妇女胸部非常丰满，她穿着一身夏季的粉色套裙。她面带微笑，在跟莉丝这亲近的瞬间显得十分和蔼，根本没有察觉到不久之后——当她在报纸上看到警方试图追踪莉丝的身份，以及她在旅途中遇到过谁、说过什么话之后，经过一天半的纠结，包括半夜给她儿子打了一通长电话，那位在约翰内斯堡当律师的儿子不建议她这么做——无论如何她将会站出来把她能记住的和没记住的，所有她想象的真实细节和实际的细节都悉数讲一遍。"非常愉快。"对莉丝说这话的时候，这位妇女对着莉丝浑身上下色彩斑斓的着装露出宽容的一笑。

"我确实是要找点乐子。"莉丝说。

"你有个年轻人了？"

"对，我有男朋友。"

"那他没跟你一起？"

"没有。我得找到他。他正等着我呢。也许我应该在免税店给他买件礼物。"

她们一边走向离港航班信息牌。"我要去斯德哥尔摩。我要等三刻钟。"白发妇女说道。

喇叭里广播员的声音划破嘈杂的喧嚣，莉丝看了一眼信息牌，说了一声："这是我的航班，14 号登机口登机。"她直视前方，果断前行，仿佛那个从约翰内斯堡来的妇女从来没存在过一般。在她前往 14 号登机口的途中，她停下来扫了一眼礼品店。她看了一眼穿民族服装的娃娃，又看了一眼开瓶器，然后拿起了一把阿拉伯短弯刀造型的裁纸刀，铜黄色金属嵌着彩色宝石。她把刀从弯刀鞘里拔出来，兴趣浓厚地试探着刀刃和刀尖。"多少钱？"她问彼时正忙于服务其他顾客的售货员。售货员女孩不耐烦地朝莉丝说："价钱在标签上。"

"太贵。到那头我能买着便宜的。"莉丝说着把刀放下。

"所有免税店价格都是固定的。"售货员女孩朝莉丝背后喊道，莉丝已经朝 14 号登机口走去。

一小群人已经聚集在那等候登机。更多的人随着自己的性格，要么晃晃悠悠，要么风风火火地加入这人群。莉丝逐个一丝不苟地审视着她的同行乘客，但又避免引起对方的注意。她汇入人群，步伐仿佛有些梦幻，但从她眼中明显可见，她的意识毫不梦幻，她吸收着每一张脸、每一条裙子、每一套西装、所有的衬衫、牛仔裤、每一件手提行李、每一种声音，所有这一切都将伴随着她从 14 号登机口登上飞机。

第三章

明天一早她将会被发现死于多处刀伤，她的手腕被一条丝巾、脚踝被一条男士领带捆住，在一座空别墅的地上，在异国的一处公园里，眼下她正从 14 号登机口飞往那座城市。

穿过跑道登上飞机这一小段路上，莉丝大步流星地紧跟着一位她似乎最终认定要跟紧的乘客。这是一位面色粉红、三十岁上下、身材健壮的男青年，身着深色西装，手持黑色公文包。她目标明确地跟随着他，不容任何步伐盲目匆忙的乘客插足于她与此人之间。与此同时，黄雀在后——几乎在她身旁，似乎有另一位男士热切地要贴近她。他试图引起她的注意但并未成功。他戴副眼镜，似笑非笑，年纪不大，肤色略深，鼻子较长，有些驼背。他穿件格子衬衫，米色灯芯绒裤子，肩上吊着一部相机，臂上搭着一件外套。

他们拾级而上，这位粉光满面的商务人士背后紧随着莉丝，紧跟在莉丝身后的是看上去比她还迫切的那位男士。登上舷梯进入飞机。空姐在门口道早安，远处经济舱内一个虎背熊腰的父亲挡住了过道上的人流，帮助一位带两个小孩的年轻妇女把他们的外套塞进行李架。过道最终趋于平静，莉丝跟随的那个商务人士在右边一排三座的靠窗座位坐下。莉丝挨着他坐在中间位置，而那位精瘦的骗子立刻把外套甩在行李架上，放好相机，一屁股挨着莉丝坐在靠过道的座位上。

莉丝摸索着她的安全带。她先摸到座位右侧跟西装男接壤的位置，与此同时她拿起左边一段，然而她右手里的这一段安全带属于邻座。她试图扣合左右两端的卡扣，它们并不匹配。身着深色西装的邻座也在摸索他的安全带，在他似乎意识到是她弄错了的时候，皱着眉头，语焉不详地咕哝了一声。莉丝说："我可能拿成你的了。"

他捞起可能属于莉丝的安全带卡扣。莉丝说："哦对，真不好意思。"她傻笑了一声，他拘谨地笑笑，然后收起笑容，专注地系好安全带，然后把视线转向窗外的机翼——银色的机翼上打着长方形的补丁。

莉丝左侧的邻座脸上也挂着笑。广播开始告知乘客们系紧安全带，停止吸烟。她的仰慕者那双棕色的眼睛透着热忱，他的微笑跟他的前额一样宽阔，似乎占据了他精瘦的脸颊大部分的面积。莉丝的嗓门压过飞机上的其他声音，说："你看着像小红帽的狼外婆。你想吃了我吗？"

发动机开始加速。她热情的邻居张大的嘴巴发出一阵低沉、满足的大笑，同时像喝彩一样敲了一下她的膝头。突然她另一侧的邻居戒备地看着莉丝。他盯着她看，仿佛认出来了她是谁，他的手正准备从他腿上的公文包里抽出一摞纸。莉丝身上的某种东西，还有她和左侧这名男子的这个回合，导致他伸手从公文包里取纸的动作突然陷入瘫痪。他张嘴喘着气，面露惊恐，目不转睛地盯着她，好像他们以前认识而后来他把她忘了，现在又见了面。她对他微笑，这是解脱和欣慰的微笑。他的手恢复了行动的能力，迅速把抽出来一半的那摞纸塞回公文包里。他颤抖着解开安全带，抓着他的公文包似乎要离开座位。

第二天晚上，他将会基本诚实地对警察讲述："我第一次见到她就是在机场。然后在飞机上，她坐在我旁边。"

"你以前从没来没见过她？你不认识她？"

"不认识，从不认识。"

"你们在飞机上有什么交谈？"

"什么也没有。我换了座位，我害怕。"

"害怕？"

"对，恐惧。我换到了另外一处座位，从她旁边。"

"你恐惧什么？"

"我也不知道。"

"你为什么换了座位？"

"我不知道。我肯定是预感到什么了。"

"她跟你说什么了？"

"没说什么。她把我和她的安全带搞混了。然后她跟坐在那头的一个男的说了点儿什么。"

眼下，飞机沿着跑道开始滑行。他站起身来。莉丝和靠过道座位的男子双双抬着脸看他，对他突如其来的举动感到意外。他们的安全带把他们固定在座位上，当他示意要出去的时候，他们没能立刻挪动给他腾地方。莉丝看着他，有一瞬间显出老态，她似乎在迷惑之余还感到了一丝挫败，或者体力不支。她可能马上要哭出来，或者想对自己意愿遭受无情的受挫做出反抗。此时，看到这位站起来的男士，驻守在紧急出口跟前的空姐迅速赶过来。"飞机已经开始起飞，请您回到座位上系好安全带。"

这位男士说话时带着浓厚的外国口音："请原谅，我要换座位。"他开始从莉丝面前往外挤。

空姐显然认为这位男士急需去卫生间，她请旁边的两位能否让这位男士通过以便他尽快回到座位上。他们解开安全带，站在过道一侧，他紧随前面带路的空姐。然而他并没去厕所，就在一个中间的空座前停下了，那个座位两侧分别坐着一个身材臃肿的白发老年和一个年轻女孩，座位上堆着一件手提行李和几本杂志。他从坐在靠过道位置上的女性面前挤进去，请她把中间座位上的行李拿走。他颤巍巍地提起这件行李，整个人看起来散架了一般。空姐转过身来本想表示反对，但他旁边的两人已经顺从地把座位腾出来了。他一屁股坐下，系上安全带，完全不理会这名空姐，还有她的诘责和不满。他深长地松了一口气，仿佛虎口逃生。

莉丝和她的同伴目睹了这一幕。莉丝苦涩地笑笑。

她身旁的深肤色男士问："他这是什么毛病？"

"他不喜欢咱们。"莉丝说道。

"咱们对他干什么了？"

"没什么，什么也没干。他肯定是不正常，他肯定是神经病。"

现在飞机在加速起飞之前暂停了片刻。发动机发出一阵咆哮后，飞机终于起飞，飞离地面。莉丝对他的邻居说："我好奇他是什么人？"

"就是个神经病，"这位男士说道，"但对咱们来讲这是好事。咱们可以加深认识。"他伸出青筋暴突的手握住她的手，攥得紧紧的。"我叫比尔，"他说，"你叫什么？"

"莉丝。"她任由他握着她的手，仿佛没觉出来手被他握着。她伸着脖子越过前排人的脑袋张望，说道："他坐在那儿看起报纸来了，好像什么事都没发生一样。"

空姐开始分发报纸。一位跟在她身后的空乘在深色西装男子这排的过道停下，西装男子正祥和地浏览着报纸的头版。空乘询问先生现在是否一切正常了？

西装男抬起头露出一丝尴尬的笑容，并且羞涩地道了歉。

"对，没事了，不好意思……"

"刚才出什么事了吗，先生？"

"没事，真的。请放心。我现在在这很好，多谢，抱歉……刚才没事，没事。"

空乘眉毛微抬，对乘客莫名的怪异举止略显无奈地离去了。飞机低沉地颤动着前进。禁止吸烟的指示灯熄灭了，广播里确认乘客现在可以松开安全带并吸烟。

莉丝松开她的安全带，挪到了靠窗的空位上。

"我就知道，"她说，"说不清为什么，我就觉得他肯定有问题。"

比尔挨着她坐到中间的位置上："他什么问题也没有。就是犯了清教徒的毛病。他看到咱俩一拍即合，自己无意识地嫉妒咱们，然后他发作了一场，好像咱们俩干了什么见不得人的事。别琢磨他了，看他那样可能也就是个保险公司的小职员。龌龊的小官僚。井底之蛙。他原本就不对你的路。"

"你怎么知道？"莉丝马上提出质疑，似乎是针对比尔话里的过去式，又似乎是用反证挑战这个过去式，大意是西装男现在还在场，她半站起，探出上半身去捕捉他的脑袋，八排座位前方，过道的另一侧中间位置，他正埋头安静地阅读。

"坐稳，"比尔说道，"你也不想跟那种人扯上什么关系。他害怕，吓傻了。"

"你觉得他害怕了？"

"对。但我不怕。"

空姐们端着餐盘开始沿着过道分发给乘客餐食。莉丝和比尔放下他们面前的桌板接受他们的餐食。发的是一点上午垫肚子的小食——生菜叶上面搭配蒜味香肠、两颗绿橄榄、一片卷着土豆色拉的火腿，还有一块腌咸菜之类的，这一切全都分布在一片面包之上。旁边还有一小坨蛋糕，卷着奶油和巧克力酱，以及一角锡纸包着的奶酪和塑料玻璃纸包着的饼干。餐盘一侧立着一只空塑料咖啡杯。

莉丝拿起餐盘里一包塑料包装的消毒餐具，里面装有对付这顿饭绰绰有余的刀、叉、勺。她试了试刀刃。她两只手指头撮了撮叉子的尖端。"不怎么锋利。"她得出结论。

"反正也用不着，"比尔说道，"这吃的糟糕透顶。"

"哦，看着还可以。我是饿了。我早饭只喝了一杯咖啡。来不及。"

"你可以把我这份也吃了，"比尔解释，"我尽可能坚持一种明智的饮食。这些吃的都是毒药，全是毒害和化学物质。太

‘阴’了。”

“我知道，”莉丝附和，“但作为飞机上的零食……”

“你知道‘阴’是什么吗？”比尔问道。

她有点不自然地支吾说道：“嗯，就是一种……反正这也就是零嘴，对吧？”

“你理解‘阴’的意思吗？”

“嗯，就是这类的——零零碎碎的东西。”

“不对，莉丝。”他答道。

“总之就是一种说法吧，你可以说这东西有点‘阴’……”她显然是连猜带蒙。

“阴，”比尔打断她，“是‘阳’的对立面。”

她笑了一声，半站起来，又开始巡视逗留在她头脑里的那个人。

“这事儿很严肃，”比尔一把把她拽回座位上。她笑着开始吃起她的餐食来。

“‘阴’和‘阳’是哲学概念，”他进一步讲解，“‘阴’代表空间。‘阴’的颜色是紫色。它的元素是水。它是外延的。这片香肠就是‘阴’的，这些橄榄也是‘阴’的，都富含有毒物质。你听说过长寿饮食法吗？”

“没有，是讲什么的？”她边问边切着香肠三明治。

"你要学的太多了。米，没经过加工的米就是长寿饮食的基础。我下周要在那不勒斯开设一个中心。这是一种净化饮食法。身、心、灵全方位。"

"我最讨厌米饭。"莉丝说道。

"不不，你以为你自己讨厌米饭。有耳当听。"他引用了《圣经》里的一句话，投给她宽阔的笑容，他的呼吸扑在她的脸颊上，碰触着她的膝盖。她沉着地继续吃。"我是这项运动的启蒙领袖。"

空姐端着两个高耸的金属壶过来："茶还是咖啡？""咖啡。"莉丝答道，把她的塑料杯子从比尔面前递过去。倒过咖啡之后空姐问道："先生，您呢？"

比尔一只手盖住他的杯子，善意地摇了摇头。

"您要吃点什么吗？"空姐注意到比尔一动没动过的餐盘。

"不用，谢谢。"比尔回答。

莉丝说道："我会吃了的，至少吃一部分。"

空姐对此不感兴趣，走向下一排乘客。

"咖啡是阴性的。"比尔说道。

莉丝看着他的餐盘："你确定不吃那个三明治？其实很好吃。你要不吃我就吃了。不管怎么说也是花了钱的。"

"随便吃，"比尔说，"不过你很快就会改变你的饮食习惯，现在咱们得先了解对方。"

"你旅行的时候都吃什么啊？"莉丝对调了他们俩的餐盘，把自己的咖啡从前一盘里拿回面前。

"我自带口粮。只要不是实在没办法我就不会在餐馆或者酒店吃饭。如果实在没办法，我也会谨慎选择。我会挑有鱼的地方，尽量找米饭，有时候也可能吃点山羊奶酪。这些都是阳性的。奶油奶酪——事实上黄油、牛奶，所有从牛身上产出的东西，都太'阴'。你吃什么就会变成什么。吃牛你就变成牛。"

后排有一只手伸到他俩中间，挥动着一张白纸。

他们转身去看个究竟。比尔拿过这张纸来。是一张飞行记录，告知乘客飞行高度、航速和目前所处的地理位置，并要求他们阅读并传递下去。

莉丝一直回头张望，盯着她背后的那张脸。同样在靠窗的位置，坐着一位病态的男士，他棕黄色的湿润的眼珠深嵌在眼窝里，面带菜色。挨着他坐的是一位富态的女士和一个处在青春期的女孩。刚才就是这位男士把那张飞行记录递过来的。莉丝死死地盯着对方，嘴唇微张，眉头微皱，仿佛在推测此人的身份。他转移视线，先看向窗外，然后又看面前的地板，十分尴尬。旁边的女士不动声色。但那位年轻女孩，发现莉丝在审视后排这位男士，解释道："那只是飞行记录。"但莉丝仍死盯着对方不放。这位病恹恹的男士先看了一眼他的同伴们，然后垂眼看着自己的双膝，莉丝的注视显然对他的病情毫无帮助。

比尔轻推了她一下，她这才回过神来，转身向前。他说："就是飞行记录，你要看吗？"鉴于她没反应，他又把这张纸捅到前排乘客中间，纸张在他们耳边窸窸窣窣作响，直到他们从他手中把飞行记录接过去。

莉丝开始吃她的第二份餐食。"那什么，比尔，"她说，"我觉得你说得对，刚才换了座位的那个神经病，他确实不对我的路，而且我也不对他的路。只是出于兴趣，我是说，我压根没去注意他而且我也没打算勾搭什么陌生人。但是你刚才提到他不对我的路，当然不是，我告诉你，他要是以为我想接近他，他就大错特错了。"

"我跟你对路。"比尔很肯定。

她小口呷着咖啡环顾四周，从两个座位中间瞥了一眼后排男士，他直视前方，目光呆滞，眼神飘忽——他的眼距是如此宽，只可能说明他的思维根本不在这里。在莉丝盯着他看的时候他并没看见莉丝，也可能看见了，但瞬间切换成一种冷漠、超脱的表情。

"看着我，别看他。"

她转过头看比尔，带着赞同和纵容的微笑。空姐效率颇高地过来收取餐盘，凌乱地摞在其他餐盘上。面前的餐盘一被收走，比尔就收起莉丝面前的桌板，又收起自己的。继而挽住莉丝的胳膊。

"我对你的路，"他说道，"你也对我的路。你打算住在朋友家吗？"

"不打算，但我有人要见。"

"咱们没机会再见了？你准备在这待多久？"

"我没具体计划，"她说，"我可以晚上跟你见面喝一杯。就一杯。"

"我住大都会酒店，"他问，"你住哪儿？"

"哦，只是个小旅馆。汤姆森旅店。"

"我应该没听说过汤姆森旅店。"

"很小。便宜但是很干净。"

"好吧。不过在大都会酒店，"比尔说道，"他们什么也不过问。"

"对我来说，"莉丝指出，"他们爱问什么就问什么。我是个理想主义者。"

"跟我完全一样，"比尔解释，"我也是个理想主义者。我没冒犯到你吧？我的意思只是如果我们想进一步熟悉对方的话，我就是觉得，不知道为什么，我对你的路，你也对我的路。"

"我不喜欢饮食怪癖，"莉丝说，"我不需要注意饮食。我身材很好。"

"莉丝，这我就不能打马虎眼了，"比尔说，"你确实不懂。生机长寿饮食法可不仅仅是饮食规定，这是一种生活方式。"

她说："我今天下午或者晚上有人要见。"

"见谁？"他问，"男朋友吗？"

"少管闲事，"她答道，"先管好你的'阴'和'阳'吧。"

"'阴'和'阳'，"他纠正，"是你必须弄懂的概念。如果我们能有一点时间相处，一点平静的时间，在室内，只是交谈一下，我就让你了解其中的奥妙。这是一种理想主义者的生活方式。我希望能引起那不勒斯年轻人群的兴趣。我想那不勒斯应该会有很多年轻人对这个感兴趣。我们准备在那开一家生机长寿饮食餐厅。"

莉丝回头巡视那位目光空洞、面色苍白的男士。"奇怪的人。"她说。

"公共就餐区域背后还得另设一间，专供七级疗法以上的严格观察者使用。七级疗法只吃麦片，喝一点液体。如果是你男人，喝这么少的液体，一天最多尿三次，如果是女人最多也就尿两次。七级疗法在生机饮食法里属于很高级别的疗法。你几乎成为一棵树。人吃什么就成什么。"

"你吃山羊奶酪会变成山羊吗？"

"当然。你变得像山羊一样精瘦矫健。你看我，我浑身上下一块多余的肥肉都没有。我这启蒙领袖也不是白当的。"

"你肯定没少吃山羊奶酪，"她说，"背后这人就像棵树，你看见了吗？"

"给七级疗法观察者的这间私密房间背后，"比尔说道，"还得有一间小屋专门供人打坐静观。我们的青年运动一旦发起，那不勒斯应该效果不错。我们连名字都起好了，就叫'阴阳青春'。这个运动在丹麦反响很不错，很多中年人也采用了我们的食疗。在美国很多老年人都采用生机饮食法。"

"那不勒斯的男人很性感。"

"北欧区域大师建议配合这种饮食疗法，每天要有一次性高潮。最少。我们这些地中海国家的人还在探讨这个观点。"

"他怕我，"莉丝小声说，把头向后一拧示意她背后的男子，"为什么人人都怕我？"

"什么意思？我就不怕你。"比尔不耐烦地环顾四周，似乎只是为了应付她，他又朝旁边看了一眼。"别在他身上白耽误工夫了，"他说，"他自己就是一团糟。"

莉丝起身。"借过一下，"她说，"我要去洗手间。"

"等你回来。"他说。

她从他面前挤到过道，手里攥着她的手提袋和那本在机场买的书，同时趁机把后排的那三位看了个仔细——病态男、富态女和年轻女孩，三人毫无交流，仿佛相互之间没有任何干系。莉丝在过道停留了片刻，举起胳膊，她的手提袋挂在她的手腕处，于是她用手夹住的那本书被暴露了。她似乎在有意展示这本书，好像小说里那些间谍一样，要靠提前安排好的暗号以特定的方式跟其他特工接头。

比尔抬头看着她："怎么了？"

她开始往前走，同时答道："什么怎么了？"

"你用不着带着那本书。"他说。

她看着手里的书，仿佛不知道它从哪儿冒出来的一样，笑着在他旁边迟疑了片刻，把这本书扔回自己的座位上，然后朝机头方向的厕所走去。

已经有两人等在她前面。她心不在焉地排在后面，几乎跟她的第一个邻座、那位商务男士现在的座位并排。但她似乎没注意，或者是完全没在意那位商务男士抬头看了她两三次——一开始他的目光里带着恐惧，后来发现她毫不在意他，就逐渐松弛了下来。他翻到报纸的下一页，折成便于阅读的大小，屁股往座位里面挪了挪，一边发出一声轻叹，好像来串门的人总算走了，他可以落得一点清净。

结果那位病态的男士跟飞机上坐在他旁边的富态女士和年轻女孩到底还是一伙的。现在他正走出机场大厅，不算虚弱，但整个人散发出浓浓的疲惫，那个女人和那个女孩走在他身边。

莉丝在他们几米开外。身旁是比尔，行李在他们一侧的马路牙子上。她发现了他。"哦，他在那儿！"然后丢下比尔，跑到那位眼神病恹恹的男士面前，"打扰一下！"

他迟疑了一下，动作僵硬地往后退：他往后退了两步，现在他的前胸、肩膀、双腿和那张脸往后缩得更厉害了。富态女好奇地看着莉丝，年轻女孩驻足观望。

莉丝用英语跟这位男士搭讪："打扰一下，不知道您愿不愿意共享一辆豪华专车到市中心？实际上比出租车还便宜，如果乘客愿意分摊的话，当然也比坐大巴快多了。"

那位男士两眼盯着路面，好像见了鬼一样。富态女婉拒："谢谢，不用了。有人来接我们。"然后拍了男士的胳膊一下，继续前行。他跟上，神色宛如即将被押赴刑场，那女孩茫然地盯着莉丝，然后绕过她也跟了上去。但莉丝又迅速追上了这一小撮人，再一次对质那位男士。"我肯定咱们以前在哪儿遇到过。"她说。那位男士微微扭了一下头仿佛感到牙疼或者头疼。"我会非常感激，"莉丝说，"如果能捎我一程。"

"恐怕——"富态女士刚开口，一名身着司机制服的男子正好迎上来。"早安，老爷，"他说，"车停在那边。您旅行顺利？"

病态男士嘴巴张大，但没发出一声声响，随即又紧闭上了双唇。

"过来。"富态女士唤道，年轻女孩心不在焉地转过身来。富态女士从莉丝身边掠过时，和气地对她说："对不起，我们现在没时间。车已经等在那了，我们也没有多余的位置。"

莉丝叫道："但你们的行李——你们忘了你们的行李了！"

司机愉悦地回头解释："没行李。小姐，他们不用带行李，别墅里一应俱全。"他眨了眨眼睛，随着自己的职责飘然离去。

这一行三人随着司机穿过马路朝着一列等候的车流走去，他们身后是从机场大厅里涌出的人流。

莉丝跑回比尔跟前。他问："你干吗去了？"

"我以为我认识他。"莉丝哭起来了，眼泪止不住。她说："我本来确定他就是那个人。我必须要见一个人。"

比尔忙劝道："别哭别哭，人们都看着咱们呢。怎么回事？我没明白。"与此同时他突然咧嘴一笑，好像在确认那难懂的需求肯定是个玩笑。"我没明白，"他说，从口袋里抽出两块男士纸质手帕，挑了一张递给莉丝，"你把他当成谁了？"

莉丝抹了抹眼泪，擤了擤鼻涕，把纸巾狠狠攥在拳头里："我的假期一上来就这么扫兴。我本来是十拿九稳的。"

"你要是愿意，接下来这几天我都可以陪你，"比尔说，"你就不想再见到我了？行了，咱们打车走，你上了出租车就舒服了。你没法坐大巴，哭成这样。我就不明白了，你想要的我都能给你。你看着吧。"

远处的便道上，等候出租车的人群中就有那位敦实的西装男，拎着他的公文包。莉丝无精打采地看着比尔，越过比尔，同样无精打采地看到了西装男，他那红润的脸蛋正好转向她。他看到她的那一刻立刻拎起行李箱，穿过车流走到马路对面，越走越远。但莉丝已经没在看他了，她甚至好像早把他忘了。

　　在出租车上，比尔试图吻她时，她发出一阵刺耳的大笑。然后她由着他吻了她，然后挑着眉毛露出一副"还有什么本事？"的神情。"我跟你对路。"比尔说。

　　出租车停在市中心这座灰色砖墙的汤姆森旅馆门前。她问："这是什么？"指着一小撮散落在车座上的什么籽。比尔细看之后发现他的提包拉锁张开了一个小口。

　　"米粒，"他说，"肯定是我的一包样品撒出来了，这个包又没关严实，"他拉严实了拉锁，"没事。"

　　他把她送到狭窄的旋转门前，把她的行李递给门僮。"我七点钟在大都会前厅等你。"他吻了她的脸颊，她又挑了挑眉毛。随即她推门进去，头也没回。

第四章

在旅馆前台她好像有些恍惚,不知自己身处何方。她报上姓名,然后前台工作人员请她出示护照,她显然没当即反应过来,先是用丹麦语,然后法语询问对方需要什么。她又换成意大利语,最后是英语。前台微微一笑,然后用意大利语和英语答复了她,用这两种语言再次向她索要护照。

"真把人搞糊涂了。"她用英语回答,一面递过去她的护照。

"是的,您还有一部分在家里呢,"前台说道,"那部分还在来我们国家的路上,过不了几个小时就能追上您了。坐飞机旅行往往就是这样,乘客比他自己先抵达了目的地。我给您房间送上去一杯饮料或者咖啡?"

"不用了,谢谢。"她转身随着门僮离开,又回头问了一句:"我什么时候能拿回护照?"

"随时,随时,女士。您再下楼来的时候,或者出门的时候,随时。"他看了一眼她的裙子和外套,然后去接待其他刚刚到达的客人了。门僮等在一旁转着房间钥匙、等着带她上楼的时候，她停下来认真看了一眼新到的这帮客人。这是一家子，爸爸、妈妈、两个儿子和一个小女儿，一群人喋喋不休地讲着德语。与此同时，莉丝也被这家的两个儿子盯上了。她转过身，不耐烦地示意门僮前面带路，她随后跟着他进了电梯。

进了房间，她迅速打发了门僮，外套都没脱就躺在了床上，两眼瞪着房顶。她深长而卖力地呼吸，吸、呼、吸，如是持续了几分钟。然后她起来，脱下外套，巡视房间的陈设。

一张罩着绿色棉质床罩的床，一个床头柜，一块小地毯，一个梳妆台，两把椅子，一个小抽屉柜，还有一扇又宽又高的窗户，说明这间房原本是一间大得多的房间。现在旅馆为了利润，把原本的一大间分成了两三个小间。还有一间小卫生间，里面有一个坐浴盆、一只马桶、一个洗手池和一个淋浴间。墙壁和一只壁橱一度曾是乳黄色，现在已经脏了，还有些深色的污迹，说明那里原先是有家具的，但现在被挪走或者换了位置。她的行李放在一个行李台上。床头灯灯座是弧形镀铬材质，灯罩则是羊皮纸。莉丝打开开关。她又打开房间中央的拼色玻璃灯。灯泡亮了一下，然后又突然灭了，就好像它曾经毫无怨言地伺候了太多过往的住客。莉丝突然一下受不了了。

她沉重地踱入卫生间，径直把目光探向口杯里，仿佛吃准了会在那儿发现她果然发现了的玩意：两粒泡腾片，还是干的，目测是之前的住客原本打算用来醒酒的，结果不知是由于他没了力气还是忘记了这回事，最终没能把水倒进杯子里，喝下这杯能让他清醒的东西。

床头柜上摆放着一只小椭圆盒子，上面标有三张图片，但一个字也没给顾客解释——甭管用什么语言：哪个按钮代表哪种客房服务。莉丝研究着这三张图片，眉头紧锁，似乎是对惯于阅读文字说明的双眼给予图像解码时必要的协助。第一张图上是一位窈窕的女服务员肩挑长柄鸡毛掸子；第二张是一名服务员手拖餐盘；第三张是一位身着制服、纽扣扣得一丝不苟的男士，手臂上搭着折叠齐整的衣物。莉丝按了有女服务员图案的按钮，女服务员的图案亮了，莉丝坐在床沿上等候。然后她脱了鞋，盯着门看了几秒钟，又按了那个有纽扣装饰的男仆图案的按钮，男仆也没出现。送餐服务按钮按了几分钟也没动静。莉丝拿起电话对着前台一股脑地倾泻自己的控诉：客房服务按钮毫无反应，房间不洁，牙具自上个房客之后未经更换，房间中央顶灯须更换灯泡，还有这张床垫，跟旅行社事先的描述刚好相反，太软了。前台建议她按女服务员的那个按键。

她开始再次从头陈述她的控诉清单，此时女服务员出现在门前，满脸问号。莉丝狠狠地把电话挂掉，然后指着顶灯，女服务员自己试了试开关，点头表示明白了问题所在，掉头要走。"等等！"

莉丝先说英语，又换成法语，女服务员皆无反应。莉丝拿出那个底部还放着泡腾片的杯子，"醒醒！"莉丝用英语喊道。女服务员礼貌地从水龙头里接了一杯水递给莉丝。"脏的！"莉丝用法语叫道。对方反应过来，对此报以一笑，然后连人带杯迅速撤离了现场。

莉丝拉开壁橱滑门，拽下来一个木制衣架，"啪啦"一声扔到房间尽头，然后一头躺倒在床上。此时她看了一眼表。一点过五分。她打开行李箱，小心地取出一件短浴袍。接着她拿出一件连衣裙，将它挂在壁橱里，随即又摘下来，整整齐齐地叠好放回箱子里。她取出她的化妆包和拖鞋，脱了衣服，换上浴袍走进卫生间，关上门。听到外间传来的声响时，她已经洗上了澡，听到鞋底刮擦地板的声音，是一男一女。她将脑袋探出卫生间房门，看到一个身着浅棕色工作服的工人拿着三步梯和灯泡，旁边站着那个女服务员。莉丝来不及擦干身上的水，套上浴袍冲出卫生间——显然是为了保护自己搁在床上的手提包。浴袍湿嗒嗒地裹着她的身体。"漱口杯呢？"莉丝质问，"我必须有杯子喝水。"女服务员拍了一下脑袋示意自己的健忘，裙摆一飘，急转而去，此后再没出现在莉丝的视线里。好在莉丝很快就在电话里把她的需求通知了前台，并威胁对方，如果拿不到水杯，她将立刻退房。

在等待威胁生效的空当，莉丝又开始斟酌起她行李箱里的内容。她似乎面临着一个问题，她先将一条粉色棉质裙子拿出来，挂在壁橱里，接着又犹豫了一阵子，将其慎重叠好放回箱子里。也有可能她确实考虑当即离开这家旅馆。但当另一个女服务员拿着两个水杯赶来、操着意大利语道歉、解释前一个服务员已经下班了的时候，莉丝仍然迷惑地盯着自己的物品，再也没有从箱子里拿任何东西出来。

这个女服务员看到床上摊着莉丝来的时候穿的那身鲜亮的裙子和外套，友善地问她是不是要去海滩。

"不是。"莉丝回答。

"你美国人？"女服务员又问道。

"不是。"莉丝回答。

"英国人？"

"不是。"莉丝转身继续研究她箱子里的衣物，服务员悻悻地道了声"日安"，随即离去。

莉丝拎着她小心翼翼叠好的物品的四角，似乎脑袋空空地在想事，想什么就不得而知了。之后，她好像有了结论，脱下浴袍和拖鞋，又穿上来时的那一身。穿利索之后叠好浴袍，拖鞋收回塑料袋里，又全套整整齐齐地放回箱子里。她也将之前从洗漱包里拿出来的物品放回去，装回箱子里。

现在她从行李箱内层口袋里掏出一本小册子，里面有一张折叠地图，她在床上将地图摊开。她认真钻研，先找到汤姆森旅馆的位置，然后用手指沿着通往市中心的不同路线在地图上摸索着。莉丝站在地上，弯着腰。尽管还不到下午两点，房间已有些昏暗。莉丝打开房间中央的顶灯，继续研究她的地图。

地图上点缀着一些小图，示意历史建筑、博物馆和纪念碑等景点。最后，莉丝从包里拿出一支圆珠笔，在一大片绿色色块上做了个记号，那是这座城市最主要的公园绿地。她又在一张小图一侧打了个叉，地图上的注释是"凉亭"。然后她叠起地图合上小册子，插在手提包一角。那支笔原地不动，显然是被遗忘了，留在了床上。她从镜子里看了自己一眼，捋了捋头发，然后锁上箱子。她发现了早上没能留在公寓的那串车钥匙，又把它串回到自己的钥匙串上。她把这串钥匙放进包里，拿上她那本书；然后走出房间，锁上门。天知道她脑子里在想什么，谁能说得准？

她来到楼下前台，忙碌的员工背后是一面编着号的文件格，小格子里不规则地放着信件、包裹、房间钥匙，也有空着的，柜子上方的钟表显示现在是下午两点十二分。莉丝把房间钥匙放在前台台面上，索要她的护照，声音大到除了正在招呼她的员工之外，坐在他旁边正用计算器计算着什么的同事，以及旅馆前厅里零散或立或坐的闲杂人等，全都注意到了她。

在场的女性都盯着她的裙子。她们也都为了南方夏日换上了鲜亮的衣服，但即便是在这种度假的氛围中，莉丝那一身还是显得扎眼。也可能是这些颜色的组合——大红的外套加上大紫的裙子，而不是颜色本身引来四周的注视。当她从前台员工手中拿回套在塑料套子里的护照时，他的表情就好像自己单薄的肩膀上扛着人类所有的古怪和离奇。

两个大长腿女孩，穿着时下流行的超短裙，目不斜视地盯着莉丝。两位女士，可能是女孩们的妈妈，也盯着她。也可能是莉丝的装束如此过时、裙子竟然盖过膝盖，让莉丝的形象显得更骇人，即便在她今早离开的那座北方城市，也很少有人这样穿了。在南方，女人的裙子本身就更短一些。就好比过去，仅靠比一般人短一截的裙子就可以辨别一个女人是不是妓女。莉丝的裙摆超过了膝盖，于是，在两个穿迷你裙的少女还有她们至少露出膝盖的母亲旁边，不知怎的她看起来就好像是个站街女。

她就这样留下了一串线索，后面在确认她身份的几天时间里，这些线索会被国际刑警追踪到，也会被欧洲媒体娴熟地编进一篇篇报道中。

"出租车。"莉丝对旋转门一侧站着的制服门僮大声说。门僮走到马路上吹了声口哨。莉丝跟着他站在马路边上。一位老年女性，小巧、齐整、敏捷，身着一身黄色棉质连衣裙，只有那张遍布皱纹的脸才暴露了她的年纪。她跟着莉丝来到马路边。同样，她也需要出租车，她柔声向莉丝提议是否可以同乘一部出租车。莉丝往哪边走？这位女士似乎丝毫没觉察出莉丝有任何奇特之处，如此十拿九稳地跟莉丝搭讪。事实上，尽管旁人看不出，这位女士的视力实已相当衰退，听力也差，因此莉丝那令常人惊诧的浮夸装扮，对她竟没起作用。

"哦，"莉丝回答，"我就是去市中心。我没什么具体计划。做计划是愚蠢的。"她洪亮地大笑。

"谢谢你，市中心我也没问题。"老太太把莉丝的大笑当作是对共享出租车的肯定。

接着，她们一起上了车。

"你准备在这长待？"老太太问道。

"这就安全了。"莉丝说着把她的护照塞进座椅和靠背连接处的缝隙里，直到看不见为止。

老太太转过她敏锐的鼻子，将这一切看在眼里。她迷茫了一小会，然后马上配合此举，自己往前挪了挪，给莉丝腾出足够的空间将她那本护照塞进去。

"行了，"莉丝往后一靠，深呼一口气，望向窗外，"真是个好天！"

老太太也靠到靠背上，仿佛是靠在莉丝刚刚营造出来的信任感上。"我把护照留在了旅馆，留给了前台。"

"全凭个人喜好。"莉丝说着把车窗打开了一条小缝。她欣欣然地微张嘴唇，呼吸着市郊这条宽阔马路上的气息。

随后她们就进入了拥堵的地段。司机问她们具体想在哪里下车。

"就邮局吧。"莉丝说道。她的同伴点头表示赞同。

莉丝扭头对老太太说："我准备去购物。这是我每次度假的第一项任务。我先把给家人的小礼物都买好，这样我就不用再惦记了。"

"哦，但是现如今——"老太太说着叠好手套，微笑着将它们放在膝头。

"邮局旁边有个大百货商场，"莉丝介绍，"在那儿你什么都能买到。"

"我侄子今天晚上到。"

"堵成这样！"莉丝说道。

她们经过大都会酒店时莉丝说："我正躲着住在这酒店里的一个男的。"

"什么都变了。"老太太说道。

"女孩不是水泥做的，"莉丝说道，"但现在什么都不一样了，全变了，相信我。"

在邮局门口，她们付了车钱，两人仔细地点着不熟悉的硬币，送到司机那只糙手里，一枚一枚做着加法，直到凑够总数及两人协商好平摊的小费，司机早就不耐烦了。她们站在异国城市市中心的人行道上，焦急地想要一杯咖啡、一块三明治，她们适应着周围的地形、各种路口，匆忙的本地人，还有或悠闲或焦虑的游客，以及那些无牵无挂的年轻人，他们如羚羊一般灵活地穿行在人群中，仿佛头上顶着无形的双角，敏锐地捕捉着风向，他们看都不看脚下的地面，仿佛他们就是这片土地的主人。莉丝低下头看自己的装束，似乎不确定自己是否足够招摇。

然后她挽起老年女士的臂弯："走吧，喝杯咖啡去。我们得过马路。"

老太太兴致勃勃地任由莉丝引导着她走到路口，等着红灯变绿，正在此时，突然她抽搐着惊呼了一声："你的护照落在出租车上了！"

"我为了安全起见特地留在那儿的，没事，"她说，"一切尽在掌握之中。"

"哦，那就好。"老年女士松了一口气，跟莉丝穿过马路和迎面的人群。"我是费德克太太，"她说，"费德克先生十四年前去世了。"

酒吧里，她们坐在一张小圆桌前，桌上放着她们的手提包还有莉丝的书，胳膊肘也支在上面。她们各自点了一杯咖啡和一个番茄火腿三明治。莉丝把她的书斜靠在手提包上，仿佛那鲜艳的封面是在给某个有关的人传递信息。"我们住在新斯科舍，"费德克太太问她，"你家在哪儿？"

"不是什么特别的地方，"莉丝有点不耐烦，"护照上都写着呢。我叫莉丝。"莉丝把手臂从条纹外套的袖子里抽出来，将外套搭在椅背上。"费德克先生把他的全部都留给了我，一分也没给他妹妹，"老年女士娓娓道来，"但我死后，我外甥会继承全部。我真想变成一只苍蝇趴在他妈妈的墙上，看看她听到这消息时的反应。"

服务员端来咖啡和三明治，他把食物放到桌上时将莉丝的书挪到一旁。他走后莉丝又把书重新摆好。她环视四周的桌子，还有站在吧台前呷着咖啡还是果汁的那些人。她说："我必须要见一个朋友，但他似乎不在这儿。"

"亲爱的，我不想耽搁你，误了你的事。"

"完全没有，不用多想。"

"你陪我一路过来真是费心，"费德克太太感谢道，"初来乍到一个陌生地方真是不容易，你心眼真好。"

"干吗要心眼不好呢？"莉丝突然温和地一笑。

"行了，吃完我就待在这儿，没问题的。我就到周围转转，买点东西。我不耽误你了，亲爱的。"

"你可以跟我一起逛街，"莉丝满脸亲切，"费德克太太，我非常欢迎。"

"你心眼太好了！"

"做人应该心眼好，"莉丝说道，"兴许是最后一次机会呢。过马路都可能被撞死，或者就在人行道上，随时随地，谁说得准？所以我们都应该心眼好。"她讲究地把三明治切成块，送进嘴里。

费德克太太忙说："你能这么想真是非常非常的美好。但你千万别总想着意外。我跟你保证，我最怕车水马龙的。"

"我也是，最害怕。"

"你平时开车吗？"

"开。但我害怕车辆行人。说不准哪个疯子就钻到哪辆车的车轮底下去了。"

"如今这年头。"费德克太太叹道。

"这附近不远就有个百货商场，"莉丝建议，"去逛逛？"

她们吃完三明治喝完咖啡，莉丝又要了一份彩虹冰激淋，费德克太太则犹豫良久，拿不定主意到底还要不要再来点别的，最终还是决定放弃。

"怪腔怪调的，"费德克太太环视四周，"听听这些噪声。"

"你要会说当地话就不觉得了。"

"你会说当地话？"

"一部分。我会四门语言。"

费德克太太和蔼地表示惊诧，莉丝则窘迫地摆弄着桌布上的面包渣。服务员端来了彩虹冰激淋，莉丝拿起勺来正准备开动，费德克太太说："正好跟你的衣服搭配。"

莉丝听后大笑，笑声的长度显然大大超过了费德克太太的预期。"颜色都很漂亮。"费德克太太试探着，口气仿佛是在询问对方要不要来块润喉糖。莉丝端坐在五彩斑斓的冰激淋前狂笑不止。费德克太太看上去有点害怕，尤其是当吧台四周的人都停止讲话、开始围观这桌的笑声，费德克太太当即缩回到她的实际年龄里，枯干的脸上满是褶皱，眼睛深陷在眼窝里，手足无措。莉丝突然止住笑声："太逗了。"

吧台背后的酒保已经朝她们这桌走过来，准备查看可能会发生的骚乱，走到一半又停下，转身回去，嘟囔了两句。吧台周遭的年轻人模仿着莉丝的笑声，被酒保制止了。

"我去买这条裙子的时候，"莉丝讲给费德克太太听，"你知道她们一开始给我兜售什么了吗？——防污裙子。你能想象得出吗？一条洒上咖啡或者冰激淋也不留任何痕渍的裙子。什么新型合成面料。我像是要买防污裙子的人嘛！"

费德克太太又恢复了兴致，刚才躲避莉丝的狂笑时，那兴致不知道消失去哪儿了，她看着莉丝的裙子说道："不留痕渍，倒是方便旅游。"

"不是这条，"莉丝纠正她，一面不屈不挠地对付着那份冰激凌，"说的是另一条裙子，我没买。太难看，我觉得。"她终于吃完了自己那份冰激淋。两位女士在钱包里鼓捣了片刻，同时莉丝朝留在桌上的两张标有价格的小票投去内行的一瞥，她把一张小票推到一边。"这张是冰激淋的，"她说，"那张咱们平分。"

"最受罪的是，"莉丝说道，"不知道他到底在什么时间、什么地点会出现。"

她先费德克太太一步迈上百货公司的扶梯前往三楼。眼下大钟显示时间是下午四点十分，她们都忘了南部的午休时间，因此等了半个多钟头才等到百货公司开门。在此期间，她们在四周焦灼地寻找着莉丝的朋友，以致费德克太太都顾不上困惑到底这位朋友是什么来路，只是一味热忱地配合着搜寻工作。百货公司还没开门，巨大的铁窗栅栏前她们一趟又一趟地经过，绕着这个街区转悠，费德克太太开始审视过往路人。

"会是他吗，你觉得？他穿得像你一样喜庆。"

"不，不是他。"

"这还真成问题，这么多选择。这个怎么样？我说的是这个，从车前面穿过的这个，他会不会太胖？"

"不，不是他。"

"太难了，亲爱的，要是你都不知道那个人的类型。"

"他有可能开车。"莉丝正说着，发现她们又回到了百货公司跟前，这次大门终于敞开了。

现在，她们正在上楼，去往厕所所处的三楼，她们搭电梯上楼，可以俯瞰经过的每一层宽敞的空间。"没几个像样的绅士，"费德克太太评论，"我对你能否在这儿找到你的朋友表示怀疑。"

"我也表示怀疑，"莉丝说，"这儿倒是不缺男员工，是不是？"

"哦，他可能是个售货员？"

"看情况。"莉丝回答。

"这年头。"费德克太太说。

莉丝在洗手间一边等费德克太太，一边梳理头发。她站在洗手池前，洗完手，报着嘴对着镜子审视自己，将一缕白发梳向脑后，仔细地将它穿过头顶的黑发。她两侧的洗手池前，各站着一位全神贯注的年轻女士，摆弄着她们的头发和脸蛋。莉丝沾湿她的一个指头，理顺眉毛。两侧的女士整理好她们的物品就相继离开了。又一位女士进来，庄重地拎着购物袋，匆忙闪进一间厕所隔间。费德克太太所在的那间门还关着。莉丝已经整理完毕仪容，站在那儿干等。终于她过去敲了费德克太太那个隔间的门："你还好吧？"她继续，"你还好吗？"她再敲，"费德克太太，你没事吧？"

最后进来的这位女士现在也出来了，来到洗手池前。莉丝使劲撼动着费德克太太那间门的把手对她说："一个老太太被锁在里面了，而且一点动静也没有。肯定出事了。"她又叫起来，"你没事吧，费德克太太？"

"这人是谁啊？"旁边的女士问道。

"我不认识。"

"但是你跟她一起的，是不是？"这位主妇仔细看了一眼莉丝。

"我去找人来，"莉丝再次试图把门把手打开，"费德克太太！费德克太太！"她把耳朵贴在门上。"没声了，"她说，"毫无声息。"她从洗手盆前抓起手提包和那本书冲出了女洗手间，留下那位主妇一边听着费德克太太所在隔间的动静，一边不时敲一下门板。

一走出厕所便是运动用品区域。莉丝径直穿过，只在一副滑雪板前停了下来，抚摸和感受了它的材质。一个售货员朝她走来，但莉丝继续前行，朝着更热闹的儿童用品区域走去。她在柜台上摆着的一副镶着红色毛皮边的小手套前逡巡了一阵子。柜台后面的售货员女孩已时刻准备着为她服务。莉丝抬头对她说："给我侄女看的，但我记不住尺码了。我还是不冒这个险了。谢谢。"她又穿行到玩具区域，颇花了一些时间研究一只尼龙小狗，玩具狗的绳索上装着一个开关，可以控制小狗叫唤、小跑、摇尾巴和坐下。穿过床上用品区域，莉丝乘扶梯下楼，再次巡视经过的每一层，但并没做任何停留径直来到底层。在这儿她买了一条黑白相间的丝巾。某个电器柜台前，一名销售员正在演示一台廉价的食物搅拌机。莉丝买下了一台，销售员和莉丝讨价还价的时候试图发挥自己的魅力，莉丝则盯着他观察。他消瘦，苍白，接近中年，目光迫切。"您在度假？"

他问，"美国人？瑞典人？"莉丝只回了一句："我赶时间。"销售员接受了自己犯的这个错误，包好她的商品，接过她的钱放进收银机，找了零。然后，莉丝从大厅宽敞的扶梯逐级而下来到地下层。在这儿她买了一个带拉锁的塑料提包，把刚买的东西装了进去。她又在唱片和唱片机区域驻足，混在一小撮人中间和他们一起听某个流行乐队的唱片。她用一种惹人注目的方式拿着那本书，手提包和新买的拉锁提包悬在她左手手腕靠上的位置，双手将那本书捧在胸前，好像难民胸前的身份牌。

来吧来我这，

来点三明治，你们俩，

随时……

这首歌唱到了尾声。一个扎着棕色长辫子的女孩在莉丝面前手舞足蹈，手肘继续随着节奏摆动，她的蓝色牛仔裤，显然还有她的思绪，好像一只刚被切掉脑袋的鸡，尽管不能咯咯叫了，它可怕的一生还能延续片刻。费德克太太出现在莉丝背后，碰了碰她的胳膊。莉丝回过头对她微笑："快看这个傻姑娘，跳得停不下来了。"

"我觉得我可能睡着了一会，"费德克太太说道，"不是什么要紧的毛病。我只是睡过去一下子。她们人太好了，非要把我送上出租车。但是我现在回旅馆干吗呢？我那可怜的侄子九点钟才能到，没准更晚；他准是错过头一班飞机了。前台人也特别好，帮我打了电话问下一班飞机的时间什么的。"

"瞧瞧她，"莉丝嘀咕着，"瞧她那样。别，等一下！——下一张唱片一放上她准得再接着跳。"

唱片一放，那女孩摇头晃脑跟着跳起来。莉丝问："你相信生机长寿饮食法吗？"

"我是个耶和华见证人^①，"费德克太太答道，"但这是费德克先生过世之后的事了。我现在什么问题也没有了。费德克先生跟他妹妹断了关系，因为她没有信仰。她提出了质疑。对有些事你不能质疑。但是我知道，费德克先生要是活到今天他也会成为耶和华见证人的。其实在好多方面他已经是了，只是他自己不知道而已。"

"生机长寿饮食法是一种生活方式，"莉丝讲道，"住在大都会酒店的那个男的，我在飞机上遇到的。他是生机长寿饮食法的启蒙领袖。他已经达到七级疗法了。"

"多棒啊！"费德克太太称赞道。

"但他不对我的路。"莉丝说。

----

① 耶和华见证人（Jehovah's Witnes），基督教的教派之一，不认可三位一体的教义，主张千禧年主义与复原主义，最高机构为位于美国纽约布鲁克林总部的中央长老团。该教派认为他们的教义内容、生活准则、传道方式都恢复了公元1世纪的基督教。

扎辫子的女孩在她们前面继续自顾自地手舞足蹈，突然她后撤一步，逼得费德克太太抽身躲让。"她是不是就是人们说的嬉皮士？"她问道。

　　"飞机上还有两个人。我以为他们会对我的路，结果他们也不对。我很失望。"

　　"但是你马上就要遇到你的那位绅士了，对不对？你自己说的？"

　　"哦，他确实对我的路。"莉丝回答。

　　"我得给我侄子买双拖鞋，九码。他没赶上飞机。"

　　"这才是个嬉皮。"莉丝扭头示意一位胡子拉碴、身上的包臀牛仔裤已经显不出蓝色的年轻人，他上身松松垮垮地披了好几样衣服，羊毛开衫，流苏镶边皮夹克，对这个季节而言未免太厚了一些。

　　费德克太太饶有兴致地打量着他，然后跟莉丝窃窃私语："他们是同性恋。这不是他们的错。"此时一名身着蓝制服、块头很大的商场工作人员拍了拍那个年轻人的肩膀，他转过身来。满脸胡子的年轻人开始连说带比画地抗议，结果却又招来了另一名块头稍小的工作人员，站在他的另一侧。两人架着那个不停反抗的年轻人往紧急出口走去。于是刚刚听着唱片的这撮人中间产生了一阵小小的骚乱，有的人站在那年轻人一边，有些则相反。"他干什么违法乱纪的事了?！""他臭死了！""你以为你是谁啊？"

莉丝朝电视机区域走去，费德克太太紧张兮兮地跟在她身后。她们身后那个扎辫子的女孩对着周围的人说道："他们以为这是在美国，他们看谁的脸不顺眼就把谁拉出去枪毙。"一个男人反击："他那一脑袋的头发胡子你根本看不见他的脸！从哪来的滚回哪去，小婊子！在这个国家，我们……"

她们走到电视机销售区，身后的争吵声逐渐消失。那边原先还饶有兴趣听店员波澜不惊的长串推销的几个人现在已经有点心猿意马，注意力已经转到唱片区域刚刚爆发的政治骚乱上去了。两台电视机，一大一小，播放着同样的节目——一部马上就要结束的野生动物纪录片。一群往前猛冲的水牛，在一台电视机上显得庞大，在另一台上则显得渺小，接着，两台机器都开始播放明显是片尾曲的音乐，声音一样大。销售员把大的那台音量关小，继续对他的目标顾客群体宣讲，现在他只有两名听众了，但他们又开始兴致勃勃地研究起在身后徘徊的莉丝和费德克太太。

"这会是你的年轻绅士吗？"费德克太太问道，电视上开始滚动播放一串纪录片的人员名单，一串名单接着又一串名单。莉丝答道："我也正琢磨。他看着倒像个正人君子。"

"全看你，"费德克太太说，"你这么年轻，生活才刚开始。"

两台电视的屏幕上都出现了一名精心打扮过的女播音员，在其中一台上看着大一些，她开始播报傍晚头条，先播报现在时间是下午五点整，接下来的新闻消息是一股军事武装分子占领了中东某国，详情有待进一步报道。那位销售员此时留下他的潜在客户自己去琢磨了，伸长脖子招呼费德克太太问有什么能帮上她的。

"不用，谢谢。"莉丝用当地语言回复了他。销售员走过来继续用英语追随着费德克太太："我们现在搞活动大减价，太太，这礼拜。"他用迷人的眼神望着莉丝，最后竟然上前一步捏了一把莉丝的胳膊。莉丝扭头对费德克太太说："用不着。走吧，天不早了。"然后领着老太太走到这层楼另一端的工艺品区。"完全不是我要找的人。他还想对我动手动脚，"莉丝说，"我要找的人一眼就能认出来我是个什么样的女人，毫无畏惧。"

"你能确定？"费德克太太愤愤不平地回头望着电视机区域的方向，"咱们应该检举他。办公室在哪？"

"有什么用？"莉丝说，"我们也没证据。"

"我看我们还是去别的地方给我侄子买拖鞋吧。"

"你确定要给你侄子买拖鞋？"

"我觉得拖鞋还算是个欢迎礼物。我那可怜的侄子——旅馆的那个前台真不错。那可怜的孩子本来早上就应该从哥本哈根飞过来。我等了又等。他肯定是错过了航班。前台帮我查了航班表，晚上还有一班。我一定得提醒自己不能睡觉。飞机十点二十分着陆，但等他赶到酒店，肯定得十一点半或者十二点了。"

莉丝看着那些皮夹子，上面的压花是这座城市的山峰。"这看着多像样，"莉丝建议，"送他一个这个。他会一辈子记着是你送给他的。"

"我还是想送拖鞋，"费德克太太说，"我还是觉得拖鞋合适。我这可怜的侄子最近不太好，我们必须把他送进一家诊所。要不这家要不那家，我们没别的选择。他现在总算好多了，基本没问题了。但是他需要休息。休息、休息再休息，医生说的。他穿九码。"

莉丝摆弄着一个开瓶器，又拿起一个有陶瓷杯柄的瓶塞。"拖鞋可能会让他觉得自己体弱多病，"她说，"你还不如送他一张唱片或者一本书。他多大了？"

"刚二十四。都是遗传他母亲的。可能我们得换一家商店。"

莉丝探身到柜台上询问男士拖鞋在哪个区域。她耐心地翻译给费德克太太："鞋类在三楼，我们还得上去。其他商店都太贵，他们随便要价。旅游指南册子上推荐这里，因为价格都是定死的。"

她们又上楼去，在扶梯上升途中巡视着下面的楼层，她们买了拖鞋，又下到底层。她们在靠近出口的地方，又发现了一个非常诱人的礼品区域。莉丝又买了一条丝巾，亮橙色的。她还买了一条男士条纹领带，深蓝和黄色相间。然后她又一眼瞥见一个拥挤的架子上挂满了更多款式的男士领带，都妥帖地装在塑料包装里。于是她又改了主意，想换掉她刚买的那条。售货小姐对于退款的麻烦满心不情愿，跟着莉丝到领带架前查看退换的可能性。

莉丝挑了两条，一条纯黑的针织棉领带，一条绿色的。然后，再次改了主意，她说："那绿色太鲜艳了我觉得。"售货小姐面露愠色。莉丝表现出一种带着恼火的屈服，说："算了，给我两条黑的吧。黑的总是实用些。请把价签撕掉。"她回到费德克太太还站着的那个柜台前，补了差价然后拿上她的商品。费德克太太刚从门口回来，她拿着两个皮夹子到日光下仔细研究了一番。一个服务员担心她突然拿着皮夹子跑掉，一直跟着她，现在也跟着她回到柜台前，他说："两个都是好皮子。"

费德克太太说："我想他已经有一个了。"她捡起一把带刀鞘的裁纸刀。莉丝站在一旁打量着裁纸刀："我在上飞机之前差点在机场给我男朋友买一把。几乎跟这把一样，但还是有点区别。"这把裁纸刀是铜质的，像阿拉伯弯刀一样有点弧度。刀鞘雕有图案，但不像莉丝之前考虑的那把镶着宝石。"拖鞋足够了。"莉丝说道。

费德克太太说："你说得对。不能太宠着他们。"她看了看钥匙包，然后买了裁纸刀。

"他要是还用裁纸刀，"莉丝发表意见，"就肯定不是个嬉皮。要是嬉皮就直接用手撕开信封了。"

"你介不介意，"费德克太太拜托莉丝，"把这个装在你的袋子里？还有拖鞋——哦，拖鞋呢？"

她刚买的拖鞋不见了，丢了。她说她拿着皮夹子到门口对比之前把拖鞋放在柜台上了。但那包东西不见了，被人顺手牵羊拿走了。每个人都到处找了一圈，表示同情，又指出这是她自己不小心。

"他可能有不少拖鞋了，反正，"莉丝问，"他会对我的路子吗？你觉得？"

"我们应该去那些景点，"费德克太太想起来，"我们不能错过参观那些遗址的大好机会。"

"如果他能对我的路，我倒是想见他。"

"绝对适合你，"费德克太太给予肯定，"在他的最佳状态。"

"多遗憾啊他那么晚才来，"莉丝说道，"我在那之前已经跟我男朋友约好了。但是如果他在你侄子来之前没出现，那我想见你侄子。你刚才说他叫什么来着？"

"理查德。我们从来不叫他迪克①，只有他妈叫，我们不这么叫。我希望这回他能赶上飞机。哦，那把裁纸刀呢？"

"在这呢，你放进来的，"莉丝指着拉链包，"别担心，都妥当。走吧咱们。"

———————————————

① 迪克（Dick）是理查德（Richard）的昵称。

她们随着购物的人流来到阳光明媚的大街上，费德克太太又说："我希望他已经在飞机上了。之前本来还说他先去巴塞罗那见他妈，再来这儿见我。但我不含糊，我直截了当地说不行！不能从巴塞罗那飞，我说，我是个严格的信徒，事实上，我是个见证者，但我绝不能信任从那些国家飞出来的航线，他们那儿的飞行员相信来世，航班就安全不了。我听说北欧的航线在这个方面就相对可靠。"

莉丝踮摸着往街上看了一圈，叹了口气："应该快了。我的朋友快要来了。他知道我大老远地来见他。他都有数。他只是在什么地方等着我呢。除此之外我没别的计划。"

"穿得跟狂欢节似的！"一个女人从莉丝旁边经过的时候不屑地瞟了她一眼，爆发出一阵笑声，笑得肆无忌惮，就像一股顺坡直下的水流。

第五章

"我琢磨着，"费德克太太说，"我琢磨着，我满脑子都是这一件事，你和我侄子真是天造地设。没说的，亲爱的，你就是为我侄子而生的。总得有人拉他一把，甭管怎么说，就是这么回事。"

"他才二十四，"莉丝斟酌着，"太年轻了。"

她们从遗址出来，正沿着一个陡坡往下走。原本一条土路被勉强分割出台阶，要不是每级的边缘上砌了木板几乎看不出来。莉丝搀扶着费德克太太的胳膊，一步步逐级而下。

"你怎么知道他多大？"费德克太太问道。

"不是你告诉我的吗，二十四？"

"哦，对，但是跟你说，我有些日子没见到他了，他离开了一阵子。"

"没准他显得更年轻了。小心，慢点走。"

"也没准正相反。人要是经历了不顺，就会显老。刚才咱们在那个古神殿里，我看到那个路面特别有意思，就突然冒出这个想法，可怜的理查德没准就是你要找的那个人。"

"这是你的想法，"莉丝说，"我没这么想。在见到他本人之前我说不好。要说我自己的感觉，他现在就在哪个拐角呢，随时会出现。"

"哪个拐角？"老太太朝坡下面的马路四下里张望。

"随便哪个拐角，任何一个破旧的拐角。"

"你能感应到他的出现？凭感应的？"

"倒不一定是出现，"莉丝解释，"主要没感到他的消失。我知道我能找到他。虽然，我一直在犯错。"她哭了起来，轻微地抽泣，她们在台阶上停了下来，费德克太太战战兢兢地递过来一张粉色的面巾纸供莉丝拭眼泪和擤鼻涕。莉丝抽抽嗒嗒，把手里揉成球的纸巾扔了出去，搀起费德克太太继续下台阶。"太放不开，主要是出于恐惧和怯懦，这是他们的问题所在。都是懦夫，绝大多数男人。"

"哦，这点我一直坚信，"费德克太太赞同，"毋庸置疑。雄性。"

她们来到了马路上，天渐渐暗下来，路上车水马龙。

"我们怎么过马路啊？"莉丝左右观望着势不可挡的车流。

"他们现在还要求和我们平权，"费德克太太念叨着，"所以我从来不把票投给自由党。喷香水，戴首饰，披肩发，我并不是说那些生来就那样的人。照我说，那些控制不了自己的男的就该全部被送到哪座岛上。我说的是其他那些。从前他们见到你都得起立，帮你开门。他们都得脱帽致意。现如今他们想平起平坐了。我就想说，老天爷要是确实想让他们跟咱们一样没毛病，就不会把他们造得和我们这么不一样了，瞎子都看得出来。他们再也不想大家穿一样的衣服了，这就是要跟咱们对着干。你这样永远没法管理一个军队，更别说男人了。说句对费德克先生不尊重的话，老天保佑他安息，现在的男人真是失控了。当然费德克先生一直清楚他的位置，作为一个男人，这得实话实说。"

"我们得走到前面那个路口去，"莉丝领着费德克太太朝远处一个置身车流中央的交警走去，"我们在这儿是打不到出租车的。"

"裘皮大衣、花绸衬衫都武装上了。"费德克太太任由莉丝领着，左闪右避地在行人中蜿蜒前行。"我们一个不留神，"她继续，"他们就得了咱们的房子和孩子，咱们出去打拼，他们天天坐在家里闲聊，咱们还得维护他们，辛苦挣钱才能稳住他们。他们绝不会到此为止，只想平等。下一步他们肯定还要变本加厉，蹬鼻子上脸，我就把话放在这。钻石耳环……我在报纸上都看见过。"

"天不早了。"莉丝的嘴巴微微张开，鼻孔和眼睛也都比平时张得更开了；她像一头公鹿嗅着微风慢慢踱步向前，有意放慢自己的步速以适应费德克太太的速度，与此同时她似乎在搜寻着某股气流，一个眼神或者一种暗示。

"旅行的时候我都是用牙膏自己清理的，"费德克太太透露她的窍门，"真正高级的当然都留在我们当地银行里。保险太贵了，你说是不是？但是你还是得戴出来几件。我就用牙膏打理，普通牙膏，然后拿毛巾擦拭。效果相当不错。那些珠宝店是肯定信不过的。他们说不准就换个假的给你。"

"天不早了，"莉丝又说，"这么多张脸。这些脸都是从哪来的？"

"我得眯一觉，"费德克太太说，"省得我侄子到的时候我睡着了。可怜见的。我们明天一早要去卡普里岛。所有的表兄妹，你知道。亲戚们包了一栋非常可爱的别墅，大家说好了对过去的事只字不提。我哥哥已经跟他们有言在先了。我跟我哥哥也有言在先。"

她们走到了路口，拐到一侧路边，前面路口几步开外就有一个出租车站点，停着一辆出租车。他们走过去的时候那辆车已经被别人坐上了。

"有股煳味。"她们在等着下一辆出租车到来时，费德克太太说道。莉丝闻了闻，她的嘴唇微张，双眼狂乱地在过往的行人脸上切换。她打了个喷嚏。街上到底还是出了什么事，人们四下里张望，也在嗅着什么。不远处能听到很多人的叫喊声。

突然间这个街角涌现了一大群逃窜的人。莉丝和费德克太太被人群冲散了，被卷向不同的方向。那群人绝大多数是青年男性，还有几个小个子的男人，他们年纪更大，面色看上去也更阴沉。人群中时不时还能看到个把年轻女孩，所有人都在逃窜，嘴巴里都在喊着什么。"瓦斯！"有人喊了一声，接着四下里一堆人相继大喊："催泪瓦斯！"莉丝旁边店铺的百叶窗猛地落下来，周围的店铺也纷纷提早关门。莉丝摔倒了，被旁边一个结实的男子拽起来，男子脚不沾地，跑远了。

人流快走到前面的大路口时突然停了下来。一队穿灰制服的警察迎面冲过来，肩背催泪瓦斯，面戴防毒面具，全副武装的阵势。路口的交通彻底瘫痪。莉丝被周围的人流卷着进了路边一家修车行，里面身着工作服的修理工不是弓着身子躲在汽车后面，就是藏在被架高的车辆底下。

莉丝费力穿过人群走到修车行后部的一个昏暗的角落，一辆大车背后停放着一辆红色的迷你莫里斯，车身凹下去一大块。她猛地用力去拽车门，好像认为会是锁着的，结果车门轻松地打开了，她向后一个趔趄。一旦站稳了脚跟，她立即钻进了车里，锁上车门，头蜷在膝盖中间，喘着粗气，呼吸着隐约掺杂着瓦斯的汽油味。车行里的游行人员目前正被警察一个个揪出来，往外押送。他们的退场倒是颇为秩序井然，除了零星几声叫喊。

莉丝从车里钻出来，拉链包和手提包都在，她上下查看身上的衣服有没有破。车行里的伙计们吵吵嚷嚷，议论着这场风波。一个捂着肚子宣称受了催泪瓦斯的毒害，要去告警察；另一个捏着嗓子上气不接下气地诉说自己无法呼吸。其他都在诅咒学生的顽固不化，他们用母语喷射着五花八门的污言秽语，他们都是脏话不离口的。此时莉丝一瘸一拐地出现在他们面前，场面立刻安静了下来。他们一共有六个人，包括一个年轻学徒和一个中年魁梧壮汉，后者不像其他人都穿着工作服，他穿一件白衬衫，带着一股说一不二的老板神气。这个大块头显然是把莉丝当成刚刚冲进他的车行的那些麻烦鬼中间落下的一位，他登时陷入无法遏制的歇斯底里，冲着莉丝发泄自己的怒火。他先建议她回窑子里去，又提醒她，她祖父被人戴了十次绿帽子，她母亲是在哪条阴沟里怀上了她，然后在另一处阴沟里将她生了出来。他围绕着这一主旨又绘声绘色演绎了一番，最后他指出，她是一名学生。

莉丝原地听得出神，单看她的表情还以为她从这场宣泄中得到了什么慰藉，不管是因为刚才的一通慌乱后她紧绷的神经得以放松，还是因为别的什么原因。继而，她把手举在眉头，遮住双眼，用当地话说道："哦求求你，别这样，我只是个游客。我是个老师，从爱荷华来，新泽西。我崴了脚。"她垂下手，看见外套上抹了一条长长的黑油印子。"瞧瞧我这衣服，"她又说，"好好的新衣服。还不如没被生下来。我父母当年要是有避孕措施就好了，要是当年这药片已经被发明出来就好了。我不舒服，难受死了。"

在场所有的男人都被震住了。有几个人看起来已经明显快活起来了。老板捶胸顿足、环顾左右，呼吁大伙见证他的进退两难。"对不起，女士，对不起，我怎么知道呢？原谅我吧，我还以为你跟那帮学生是一伙的呢。我们没少沾这些学生的晦气。都是我的错，女士。我能帮你做点什么？我打急救电话去。快来坐下，女士，到这来，我办公室里，请坐。你瞧外面那交通，我怎么能把救护车叫来呢？坐下，女士。"接着，他就把她赶进开着一扇小窗的小格子间里，他请莉丝坐在他自己的座位上，旁边摆着一张小小的斜面会计桌，然后回头冲着伙计们吼了两声让他们该干吗干吗去。

莉丝说："请别打什么电话。我只要能坐上出租车回酒店就没事了。"

"出租车！你看看外面的交通！"

从修车行门口的拱道望出去，交通一片拥堵停滞。

车行老板不断过去侦查一下路面情况又回到莉丝跟前。他又叫人拿来汽油和抹布擦拭莉丝的外套。里里外外一块能派上这个用场的干净布也找不到，最后他从挂在小办公室门背后自己的上衣前胸口袋里拿出一块白手绢。莉丝脱下外套，他拿蘸了汽油的手绢去擦拭那块污渍，结果弄得一片花。莉丝脱下鞋揉着脚。她把一只脚放到那张斜面的桌子上用手揉搓。"只是青了，"她说，"并没有扭到。还算幸运。你结婚了吗？"

大块头回答："结了，女士，我结婚了。"与此同时他停下手里干得正欢的活计，用一种带着有评估意味的谨慎的眼神重新打量她，"三个孩子——两个儿子一个闺女。"他说完朝办公室外面望去，大家都在忙着手头的活计，尽管有个把伙计也不时朝脚翘在桌子上的莉丝瞟上两眼，但貌似没有任何人感应到老板有麻烦的信号。

大块头又问莉丝："你呢？结婚了吗？"

"我是个寡妇，"莉丝说，"也是个知识分子。我生在一个知识分子家庭。我已故的先生也是知识分子。我们没孩子。他死于车祸。他开车技术很糟，总之。他有疑病症，也就是说他幻想自己得了全天底下所有的病。"

"这块脏，"大块头说，"是擦不掉了，你只能送到干洗店去。"他小心翼翼地举起外套，准备帮她穿上身，又好像是示意她该走了，面对这个古板的狐狸精，他眼珠乱转下不了决心。

莉丝把脚从桌子上放下来，站起身，穿上鞋，抖抖裙子问他："你喜欢这些颜色吗？"

"太妙了。"他答道，面对眼前这位来自知识分子家庭、从头到脚充满反差的不幸的外国淑女，他明显逐渐失去了自信。

"外面的车开始动了，我得去坐出租车或者公共汽车。天不早了。"莉丝一副公事公办的架势套上了外套。

"你住哪儿，女士？"

"希尔顿。"她说。

他环顾四周，透着一股无助的、过早表露的愧疚。"我最好开车送她。"他冲离他最近的一名技工嘟囔了一句。那技工没说什么，但轻微做了个手势表示用不着请示他。

车行老板还是犹豫不决，与此同时，莉丝仿佛没听见他那声嘟囔，收拾好她的随身物品，伸手说道："再见，非常感谢你的帮助。"她还冲着众伙计们道别："再见，再见，多谢！"

大块头老板一把握住她的手，他的力气如此之大就好像是下定了最后的决心，一定不能让这个从天而降、带着异国情调、有知识并且明显唾手可得的馅饼儿跑掉。他握着她的手似乎向她表明自己并不傻，最终还是反应过来了。"女士，我开车送你去酒店。我无论如何不能让你困在外面。不花上几个小时，你是等不到公共汽车的。出租车，更没戏。那帮学生，全得拜那帮学生所赐。"然后他厉声叫学徒工把他的车开出来。那孩子朝着一辆棕色大众走去。"菲亚特！"随着老板的一声怒喝，学徒工又掉头走到一辆布满灰尘的乳白色菲亚特125跟前，掸了掸前窗上的灰尘，钻进去把车挪到门口的坡道上。

莉丝抽出她的手谢绝。"你瞧，我有约了。我已经迟到了。对不起，但我不能接受你的好意，"她朝外看了一眼迟缓的车流，公车站前面排起的长队，然后决定，"我只能走回去。我认得路。"

"女士，"他坚持，"不争了。这是我的荣幸。"然后他将她拉到车前，学徒工已经为她开了车门。

"我实在不认识你。"莉丝坚持。

"我叫卡罗。"他督促她上了车，关上门，推了满脸坏笑的学徒工一把——具体用意不详，绕到另一侧车门前，缓缓朝大路开去。他缓慢而小心地在路边伺机见缝插针，将车子挤进两辆车当中的一个空当，挡住了后面的来车一阵子，直到最终他加入了马路上的车流。

天色渐暗，壮汉卡罗的车随着车流一会儿缓缓移动，一会儿突然加速行进，卡罗还一边谴责着学生和警察造成的这场混乱。当他们最终驶入一片开阔地带时，卡罗说道："我老婆不是什么好货色。我听见她打电话，她以为我不在家。但我听见了。"

"你得理解，"莉丝指出，"你得考虑到任何当事人不知道你在偷听时所说的话，听着都远比说这话的初衷要恶劣得多。"

"这事很严重，"卡罗嘟囔着，"有个男人。她的一个表亲。我告诉你，那天晚上我给了她好一顿颜色，但她死不承认。她怎么能不承认？我都听见了。"

"你要是以为，"莉丝说道，"能找借口对我抱有任何企图那你就错了。你可以现在就把我放下。否则你可以跟我一块到希尔顿酒店喝一杯，然后到此为止。一杯软饮，我不喝酒。我有约而且我已经迟到了。"

"我们出城一小段，"卡罗说，"我知道一个地方。你没看见我开的是菲亚特？前排座位可以放倒。保证你舒服。"

"立刻停车，"莉丝威胁道，"不然我就伸出车窗呼救。我不想跟你发生性关系。我对性不感兴趣。我有别的兴趣，并且说实话我现在手头有要紧事，必须得办。我说了停车。"她抓住方向盘试图往路边转。

"好，好，好，"他重新夺回了方向盘，刚刚莉丝一顿插手车头已经有点偏了，"行了，我带你去希尔顿。"

"这不像是去希尔顿的路。"莉丝质疑。前面路口正值红灯，但这条昏暗宽阔的居民区的马路上几乎没别的车辆，他冒险闯了过去。莉丝旋即把头探出窗外高呼救命。

最终他把车拐到路边一条岔路上，停了下来，大马路背后有两栋亮着灯的房子，巷子尽头是一片巨石。他一把搂住她狂吻，她对他拳打脚踢试图挣脱出来，叽叽咕咕地反抗着。他松开她喘口气："咱们把座位放倒，正儿八经地干。"但她已经跳出车门朝着一栋房子的大门口狂奔而去，边抹着嘴边大喊："警察！叫警察！"卡罗大汉最终在门口追上她。"小声点！"他说，"小声点，回车里去。求你了，我开车带你回去。我保证。对不起，女士，我没伤害你，是不是？只是亲了你一下，亲一下算什么。"

她朝着车子猛冲过去，一把拉开主驾驶车门，他在背后喊："那边的门！"她已经一屁股坐进去，打着火，猛地倒车退出岔路，在卡罗冲上来之前的刹那探身锁上了副驾驶的车门。"你根本就不对我的路！"她嘶喊了一声，一脚油门冲了出去，他已经抓住了的后车门扶手，一个趔趄没来得及打开。他仍在车后穷追不舍，她回头叫嚣："你要敢报警我就说出真相来，让你没脸见你的家人！"然后加速，把他远远甩在后面。

　　她像个老手一样疾驰在马路上，碰上红灯则规规矩矩地停下来。等红灯的时候她哼起歌谣来：

　　　　点兵点将，

　　　　骑马打仗，

　　　　点谁是谁，

　　　　送给食人岛国王……

　　她的拉锁提包搁在座位底下。等红灯的时候她把提包拎起来放到座位上，拉开拉锁心满意足地看着里面形状各异的大包小包，似乎象征着一天下来喜获的丰收。她驶进一个路口，此时车多了起来。路口一个值勤的交警，莉丝按着他的指令往前开，经过他跟前时莉丝踩了脚刹车，问他去希尔顿饭店的路怎么走。

这是一名年轻交警，他弯腰给她指了路。

"你带着手枪吗？"莉丝问他。他目光困惑，还没来得及作答，莉丝就又补了一句，"因为，要是你带着，你可以朝我开枪。"

交警仍没反应过来，莉丝已经把车开走了。从后视镜里她看到他死盯着她的车看，可能是在记录车牌号码。事实也的确如此，于是第二天下午，当他被带去指认莉丝的尸体时，他当即确认："对，就是她。我认得出这张脸。她当时说：'你要有手枪可以朝我开枪。'"继而通过这辆车追查到卡罗，并给后者的私生活带来了一系列麻烦，卡罗本人只受了六个小时的审讯就被释放了。此外，他和他的那位年轻学徒的照片，还有学徒绘声绘色给记者们讲的故事，也将荣登这个国家的各大报纸。

但此时，她刚开进希尔顿酒店的大门口就被堵在了车道上。前面有一长排车，再往前聚着一群警察。入口另一侧的停车场上停着两辆警车。汽车车道仅剩的一段被四辆加长豪华轿车占满，每辆都配有一位身着制服的司机待命。

警察聚集在酒店门口两侧，他们的面孔被明亮的灯光照得清清楚楚，此时从酒店里走出似乎是双胞胎的两个女人，她们身着黑裙，黑发高耸，跟着她们走下台阶的是一位颇为显赫的阿拉伯要人，从头饰和袍子看是一名酋长之类的人物，满脸皱纹，目光炯炯，他步履轻盈，仿佛脚底跟台阶还悬着那么几公分的距离。他的两边各跟着一名身材略小他一号、棕色面庞、戴眼镜穿西装的人士。穿长袍的男子来到第一辆加长轿车前，两名黑衣女子随即恭敬谦卑地退避两侧；同时两名西装男子也稍微退后，看着长袍男子坐进车里。随后从台阶上走下两名黑袍覆体的女子，仅露双眼，头顶帘幔，纱巾掩面，她们背后是两名男仆，张开双臂举着挂满衣服的衣架，那些衣服外面套着塑料封套。后面的随从仍旧是成双成对出现的，每对步调都如此一致，仿佛两个人共用一个灵魂，要不就像威尔第的歌剧里经过千锤百炼达到高度和谐的两个声部。两名西式装束的男子因为头上戴的红色毡帽的缘故也被等待的一辆豪车所接纳。当莉丝下了车，加入其他围观群众的时候，两名裤子皱巴巴的阿拉伯青年，衬衫似白非白，摇摇晃晃地扛出两个巨大的篮子，篮中各自装满橙子，里面还斜插着一个特大号的保温瓶，好像冰桶里插着的香槟。

车道上莉丝身边的人群，也都从出租车或私家车里钻出来，点评这番阵仗："他本来是来度假的，电视上播了，结果他们国家搞政变他立刻得回去。""他为什么非得回去？""不会，他才不会回去呢，听我的没错，绝对不会。""哪个国家？可别沾惹到咱们。上次搞政变害的我股票大跌，差点破产。连共同基金都……"

警察们回到警车里，在他们的护卫下，这一串车队堂皇离去。

莉丝钻回卡罗的车里，以最快的速度开进了停车场。她把车停在那儿，钥匙拿在手里，三步并作两步跨进酒店，门卫一脸不忿地盯着她，大概是看不上她的仓皇，还有她的穿戴，以及衣服上洇开的痕渍，经过这一晚上的折腾，她整个人都显得凌乱不堪，总之门卫脑袋里的内置系统鉴定她不是什么有钱的主儿。

莉丝径直来到女洗手间，在那儿，她尽可能把自己拾掇干净，然后在这间光线柔和的厕所里一把舒适的椅子上坐了下来。她盘算着摆在身边小桌子上拉链包里的桩桩件件。她摩挲着装有搅拌机的盒子，然后把它放回袋子里。她也没拆开装有领带的软包装，但她伸手在她的手提包里摸索了一阵子，显然没找到要找的东西，于是她拿出口红在这包领带上写下"爸爸"二字。她打开没封口的一个纸袋往里看了一眼，是那条橙色丝巾。

她把它放回原处，又拿出装有黑白相间丝巾的袋子，把它叠好，在包装袋上用口红写下大写字母的人名，"欧珈（OLGA）"。有一包东西似乎令她感到困惑。她眯着眼摸索了一阵子，最后打开一看，是一双男士拖鞋，费德克太太还以为在商店里弄丢了，显然是忘了她之前已经将它们放进了莉丝的提包里。莉丝把拖鞋包好又放回原处。最后她拿出那本书和长方形包装的一包东西，是一个礼品盒装，里面装着那把套在刀鞘里的镀金裁纸刀，又是费德克太太的财产。

莉丝缓慢地将口红收回手提包里，书和装着裁纸刀的包装盒放在旁边的桌子上，拉链包放到地上，然后继续审视她手提包里的内容。现金，带地图夹页的旅游小册子，她早上拿上的那串串着六把钥匙的钥匙串，卡罗的车钥匙，口红，梳子，粉盒，机票。她张着嘴，松弛地往后靠，然而睁大的双眼看不出一丝闲适。她再次浏览手提包里的内容。一本夹着钞票的笔记本，一个装着零钱的钱包。她猛然回过神来，把坐在洗手池旁边角落里发呆的卫生间服务员吓得一激灵。莉丝开始收拾东西。她把装着裁纸刀的盒子装进拉链包里，小心地顺着侧面塞到底部，拉上拉锁。手提包也归置整齐，除了她带出来的那六把钥匙。她把书拿在手中，哗啦一声把钥匙串掷进一个盛放硬币的碟子里，也就是给服务员丢小费的地方，她对服务员说："我用不着了。"然后，她拎起她的提包、手提包，拿着她的书，颜面一新地推门离去，来到酒店大堂。前台上方的钟表显示是晚上九点三十五分。莉丝朝大堂吧走去，她巡视了一圈。大部分桌子都被交谈的客人占据。她在远处一张空桌子前坐了下来，点了一杯威士忌，并敦促踌躇的服务员抓紧。"我要赶火车。"她的酒端上来了，还伴随着一壶水和一碗花生。她把威士忌兑了水，呷了一小口，然后吃光了那碗花生。她又呷了一小口，酒杯几乎还满着，就起身招呼服务员来买单。她从包里拿出一张钞票，为这顿价格不菲的酒水买了单，告诉服务员不用找了，于是服务员落得一笔颇丰的小费。他半信半疑地道谢收下，看着她离开酒吧。同样，他也将在第二天把他仅有的这点散碎证据提供给警方，那位卫生间服务员也不例外，面对这场不请自来、落到她头上的案件，她不胜惶恐。

莉丝在酒店大堂驻足片刻，然后笑了。她不假思索地朝着一组沙发椅径直走去，只有一张椅子上坐着人，上面坐着一位病容满面的男子。一位穿制服的司机弯着腰恭恭敬敬地听从调遣，莉丝走到他跟前的那当口，司机正转身离开，显然是椅子上那个男士的示意。

"你在这儿呢！"莉丝说，"我找了你一整天，你到哪儿去了？"

男士抬眼看着她："詹纳要吃口饭去，然后我们就回别墅。真是烦透了，大老远跑进城来。告诉詹纳他只有半个小时，我们必须往回走了。"

"他马上就回来，"莉丝说，"你不记得我们在飞机上见过面？"

"这个酋长。刚从国内出来那帮无赖就造反了。他的王位算是丢了，甭管什么都没得坐了。我过去跟他是同学。他怎么想起给我打电话来了？他打给我，电话上，大老远地把我叫到城里来，我们刚一来，他又说他去不了别墅了，他的国家闹起政变来了。"

"我带你回别墅去，"莉丝提议，"走，跟我上车去，我有辆车停在外面。"

男士继续："上次我见到这酋长还是一九三八年。他跟我一块去狩猎，枪法烂透了，你要是懂点打猎的常识。你必须先等待臭迹，他们管那叫臭迹捕猎。你要打的东西咬死自己的猎物，不会直接吃，先把它拖到树丛里，你知道猎物被它们藏在哪就行了。那倒霉的该死的畜生等到第二天才来吃它的猎物，他们喜欢变了味的肉。这时候你只有几秒钟，你在这，你的猎友在那，还有一个猎友在那。你不能从这边开枪，你会射到猎友，明白吧，你只能从这个角度或者那个角度开枪。然后这个酋长，我认识他好多年了，我们一块儿上的学，这个蠢货五米的射程竟然活活射偏了两米！"

他双眼直视前方，嘴唇颤动着。

"你并不对我的路，"莉丝得出结论，"我还以为你对得上，但我错了。"

"什么？喝一杯吗？詹纳哪儿去了？"

她拎起大包小包，拿起她的书，她看着他，然后又好像没看见他一样，仿佛他已经是一段陈年记忆。她再见也没说就走了，好像早已跟他道过别。

在前厅与她擦肩而过的人们，也都随意带着好奇地打量着她，像她这一整天里碰到的其他人一样。他们大部分都是游客，对于各种光怪陆离的现象已经见怪不怪，眼前多出的一怪也并没能分散多少他们的注意力。出了酒店，她来到停车场，发现卡罗的车不见了。

她去找门卫。"我的车丢了。菲亚特125。你看见谁开走了一辆菲亚特吗？"

"女士，我们这一个小时就进进出出不下二十辆菲亚特。"

"但我就停在那儿了，还不到一个小时。一辆米黄色的菲亚特，有点脏，我旅行一路开过来的。"

门卫派了一个门僮去把停车场的负责人员找来，他来的时候一脸不情愿，原本正跟一位出手阔绰的顾客聊到一半。他确认见过一辆米黄色的菲亚特，被一个大汉开走了，他以为他是车主。

"他肯定还有备用钥匙。"莉丝念叨了一句。

"你没看见是这位女士把车开来的？"门卫质问他的同事。

"没，我没看见。我被那个王室成员和警察折腾得团团转，你也不是不知道。再说了，这位女士也没交代我照看她的车。"

莉丝打开手提包："得了，我本来想一会再给你小费，但我决定现在就给你。"她递给他卡罗的车钥匙。

门卫没有接过钥匙。"您瞧，女士，我们可不能对您的车负责。您可以去前台让他们报警。您是我们酒店的住客吗？"

"不是，"莉丝回答，"给我叫辆出租车。"

"您有驾照吗？"停车场管理员问道。

"一边儿去，"莉丝甩下一句，"你不对我的路。"他怒不可遏——又是第二天的另一个目击证人。

门卫彼时已经忙着迎接这会儿从出租车上下来的客人。莉丝招呼出租车司机，他点头示意她上车。

前面的乘客前脚刚下车，莉丝就钻了进去。

停车场管理员叫住她："您确定那是您自己的车吗，女士？"

她从车窗里把卡罗的车钥匙扔到铺满石子的路边，告知出租车司机去大都会酒店，泪水顺着脸颊滚落下来。

"出了什么事吗，女士？"司机问道。

"这么晚了，"她泣不成声，"太晚了。"

"女士，我开不快了，你瞧这车堵的。"

"我找不着我的男朋友。我不知道他去哪了。"

"你觉得他在大都会？"

"总还是有一线希望，"她说，"我没少判断错误。"

第六章

　　大都会酒店璀璨的吊灯既照着好人，也照着坏人，灯光下现出生机饮食疗法大师比尔的身影：他此时正郁郁寡欢地坐在靠近入口的一张桌子前。莉丝出现在门口的那一刻，他一跃而起，兴高采烈地扑向她，令整个酒店大堂的人为之侧目。他手中的一个塑料袋封口不甚严密，他朝她冲过去的时候有一小串野生米粒掉在了地上。

　　她随着他回到那张桌子跟前，在他旁边坐下。"瞧我这身上，"她说，"我一不小心卷入了一场学生游行，被催泪瓦斯熏得现在还在流眼泪。我本来在希尔顿酒店有约，要跟一位重要人物共进晚餐，结果我去得太晚了，因为我跑去给他买了一双拖鞋当礼物。他捕过猎，所以反正也不对我的路，射杀动物。"

　　"我正准备放弃你了，"比尔说道，"你应该七点钟到的，我都绝望了。"他握住她的手，微笑着，眼睛和牙齿都发着光。"你不会这么狠心地去跟别人吃晚饭，是不是？我都饿死了。"

　　"我的车还被偷了。"她说。

"什么车？"

"就是一辆车。"

"我不知道你还有辆车，是租的？"

"你对我一无所知。"她回答。

"反正我有辆车，朋友借给我的。我会第一时间前往那不勒斯，着手创办阴阳青春文化中心。我会先以一场讲座开幕，题为《当今世界——去向何方？》，内容是关于生机饮食疗法的概况介绍。准能把那帮孩子吸引来，没问题。"

"天越来越晚了。"她说。

"我几乎要放弃你了，"他紧紧攥着她的手，"我正准备出去再找一个女孩。我对女孩有瘾。必须是女孩。"

"我要喝一杯，"她说，"我得喝一杯。"

"哦，别，你别喝。别，别，你别喝。酒精必须戒。你跟我一起去一家人家共进晚餐。"

"什么人家？"

"我认识的遵循生机饮食疗法的人家，"他答道，"他们会好好招待咱们。三个儿子、四个女儿、爸爸妈妈，都遵循生机饮食疗法。我们有米饭和胡萝卜，随后是米饼、山羊奶酪，还有煮熟的苹果。严禁放糖。这家人六点准时开饭，是标准的方法，我遵循的这个派系允许晚点吃。这样，我们才能说服那些年轻人。所以咱们现在就出发，去吃顿热乎饭。走吧！"

　　她说："瓦斯的劲还没下去。"眼里涌出一汪泪水。她站起身来，由着他循着一地米粒带着她穿过大都会酒店大堂打量着他们的所有人，出了酒店来到马路上，钻进停在路边的一辆小黑汽车。

　　"多神奇啊，"他发动了车，"最终咱们还是又凑到一起了。"

　　"我必须告诉你，"莉丝抽着鼻子，"你不对我的路。我确定。"

　　"哎哟，你不了解我！你对我一无所知。"

　　"但是我了解我的路子。"

　　"你需要爱。"他说着一只手搭在了她的膝头。

　　她猛地闪开："开车小心！你的朋友住哪儿？"

　　"公园的那一侧。我必须说，我是真饿了。"

　　"那还不赶紧？"

　　"你不觉得饿？"

　　"不觉得，我觉得孤独。"

　　"你跟我在一块不会觉得孤独的。"

　　他们拐进公园里。

　　"走到头右拐，"她说，"右边应该有条路，照地图上看。我想去看一眼。"

　　"再往前走还有更好的地方。"

　　"我说了，右拐。"

"别这么紧张，"他说，"你得放松。你绷得这么紧都是因为你一直以来都吃错了东西，另外喝水太多。你一天之内喝水不应该超过两次。女人是两次，男人是三次。如果你超过这个数，说明你摄入了太多的液体。"

"就是这条路，右拐。"

比尔向右转了过去，减慢了速度，四下张望。"我不知道这条路通到哪儿，但是远处大路边上有一处非常方便的所在。"

"什么所在？"她问，"你说的是什么所在？"

"我今天还没进行我的每日高潮。这是食疗方法里必不可少的一部分，我不是告诉你了吗？其他生机饮食疗法的分支也都包括这部分。这是那不勒斯的年轻人首先要学习的重点之一。"

"你要是以为我会跟你发生性关系的话你就大错特错了。我没这个时间。"

"莉丝！"

"我没开玩笑，性在我这儿一点派不上用场。我可以向你保证。"说着她发出一阵大笑。

这条路隔着老远才有一个路灯，灯光昏暗，比尔环顾左右。

"前面有栋房子，"她说，"想必就是那个凉亭。后面还有栋老别墅，旅游册子上说会被翻修成博物馆。但我想去的是那座著名的凉亭。"

凉亭跟前停着几辆车和摩托。另一条路在此会合，一群半大不小的男孩女孩没精打采地靠在树上、车上和所有能支撑他们的地方，注视着彼此。

"这儿什么也没有。"比尔说道。

"停车，我要出去看看。"

"人太多了。你怎么想的？"

"我就想看看那座亭子，仅此而已。"

"为什么？你白天来看不是更好？"

亭楼跟前的空地上散落着几张铁桌子，此亭一共三层，一楼以上饰有独特的镀金雕花装饰。

比尔把车停在其他车的旁边，有些车里坐着热恋的情侣。车一停稳莉丝就跳了出来。她拿着她的手提包，但把拉链包和那本书留在了车里。比尔一溜小跑追上她，胳膊搭在她肩膀上："行了，不早了，你到底想看什么？"

她问："你的米在车里安全吗？你锁车了吗？"

"谁会偷一袋米啊？"

"谁知道呢，"莉丝沿着小道往亭子走去，"没准那些年轻人对米有迫切的需求。"

"我们的项目还没启动呢，莉丝，"比尔循循善诱，"而且红豆也是允许的，芝麻面也是。但是你还没教给他们之前他们肯定是不知道的。"

亭楼的底层大面积采用了玻璃外墙，她走上前去往里探视。里面是一间已经打烊的风格经典的餐厅，光秃秃的咖啡桌椅摞得老高。长长的一溜柜台配有展示三明治的玻璃橱柜，最里头摆着一台咖啡机。除此之外就是空荡荡的地板了，黑灯瞎火，看不清楚，只能看见黑白格子相间的图案。莉丝伸长脖子，扭着脑袋看天花板，隐约可以看到一些经典的绘画场景：一匹马的后腿和半个天使是莉丝视线范围的全部。

她还在继续窥探，比尔试图把她拉走，但她又失声哭了起来。"哦，"她哭道，"这不可名状的悲哀，那些平时你坐着的椅子在夜晚就被摞了起来，最后一个顾客也离去了。"

"你有点病态了，亲爱的，"比尔语重心长，"亲爱的，这全都是化学反应。你一直都在吃有毒物质，忽视了世间的两股力量：离心力也就是阴，向心力也就是阳。性高潮是阳。"

"我觉得难过，"她说，"我想回家，我觉得。我想回家，回到所有那些孤独的悲痛之中。我太想回去了。"

他试图拽她走，她厉声叫道："住手！放开我！"一男两女从他们身旁经过又回头张望，这群年轻人没把他们当回事。

比尔长叹一声："不早了。"他掐着她的胳膊肘。

"放开我，我要到后面看看。我必须看明白这儿的情况，事关重大。"

"你当这儿是银行，"比尔说，"明天要来打劫呢。你当你是谁？你当我是谁？"她绕到亭子的一侧，检查着路径，他紧跟着她，"你这是在搞什么？"

她穿过亭子的侧面绕到背后，此处竖着五个巨大的垃圾桶，等待着明天被清洁工收走。就是那位清洁工后来发现莉丝在离垃圾桶不远的地方被人捅死了。此时，一只被惊扰的猫从半开着的垃圾桶里蹿出来，放弃了觅食，钻进黑暗深处。

莉丝严肃地检查着地面。

"你瞧，"比尔说，"莉丝，亲爱的，篱笆那边，就挺合适。"

他把她往篱笆那边拽，这道篱笆将亭子后院和透过一道半开的铁门可见的小径隔开。一帮好像说着某种北欧语言的金发高个小伙子正好路过，他们停下来津津有味地观望扭打在一起的比尔和莉丝，在一旁兴致盎然地加以点评。莉丝声称她不喜欢性交，而比尔解释他今天要是错过了当日高潮明天就得补上，来两次。"我会消化不良的，"他把她拽到篱笆背后避人耳目的石子地面上摁倒，"一天两次。还必须是女孩。"

莉丝此时尖叫起来，分别用英语、法语、意大利语和丹麦语四种语言轮番呼救。她把手提包扔到篱笆深处。"他抢了我的钱包！"然后她用四种语言高呼，"他抢走了我的包！"一个围观群众试图推开那扇吱扭作响生涩的铁门，与此同时另一个人已经纵身翻了过去。

"怎么回事？"他用他自己的语言问莉丝，"我们是瑞典人。出什么事了？"

比尔本来跪在地上摁住莉丝，现在爬起来："去，去，去，没你事，你觉得能出什么事？"

但莉丝一跃而起，用英语大叫她根本不认识他，他试图打劫，还要强奸她。"我只是下车来看看亭子，他扑上来把我拖到这，"她反复用四种语言尖叫，"叫警察！！"

其他几个小伙子也都进入后院，其中两个把比尔按住，他讪笑着使劲解释这场风波都是莉丝开的玩笑。其中一个说他去找警察。莉丝四下里张望："我的包呢？他扔到哪儿去了？他弄到哪儿去了？"然后，她突然语气一沉，平静地说，"我也要去找个警察来。"然后拔腿就走。之前停在路边的车基本都开走了，游手好闲的少男少女们也没影了。一个瑞士小伙子追上她，劝她还是等在这儿，他的朋友已经找警察去了。

"不了，我这就直奔警察局。"她语气平静地上了车，关上门。警察赶来时，她已经发动了车，一包野生大米也已被扔出窗外。警察先听了瑞士人的陈述，又听了比尔的辩驳，然后开始搜寻莉丝的手提包，随即就在附近找到了。他们问比尔既然你坚称认识那女孩，那她叫什么？"莉丝，"他说，"我不知道别的名字。我们在飞机上认识的。"

他们到底还是拘留了他，事后证明这简直是老天可怜比尔，因为在接下来几个小时里，也就是莉丝被谋杀的那个时间段，比尔都安然地被关在警察局里，他完全洗清了自己的作案嫌疑，但没法完成当天的食疗修行。

第七章

当她回到汤姆森旅馆的时候，已经半夜三更了，整条街都关得严严实实的，只剩下这家旅馆还醒着似的。莉丝把这辆小黑车停在门口不远处，拿着她的书和拉链包进了旅馆前厅。

前台剩下一个夜班值班人员，制服从上数三颗扣子都解开着，露出脖子和里面的背心，也说明此时已是夜深人静，大部分游客早已熟睡了。前台值班人员正在电话上跟某间客房通话。与此同时，前厅仅剩另一个人，一位身着深色西装的年轻人，站在前台跟前，一个公文包和一个格纹呢子的旅行包放在一侧。

"请别叫醒她。这么晚了完全没必要。把我的房间指给我就……"

"她已经下来了。她说了让您等她一下，她已经下来了。"

"我早上见她就行了，完全没必要。这么晚了。"该男子的语气带着专断和懊恼。

"她完全没睡，先生，"前台解释，"她非常明确：您一到我们就立刻通知她。"

"劳驾，"莉丝略过西装男士对前台说，"你要不要看这本书？"她举着手里的书，"我用不着了。"

"哦，谢谢了，小姐，"前台一团和气地接过书来，举得老远以便看清书名。这时这位刚抵达的顾客，被莉丝挤到一侧，侧身看她。他大惊，弯腰去拎他的行李。

莉丝拍了拍他的胳膊。"你跟我来。"她说。

"不。"他一个激灵，圆脸白里透粉，因为恐惧眼睛睁得老大。他的商务西装和白衬衫利利索索，就像早上莉丝跟着他、坐在他旁边的时候一样。

"放下东西，"莉丝说，"赶紧，不早了。"

她敦促他走到了门口。

"先生！"前台叫住他，"您的姑妈正在下楼……"

莉丝扔挟持着她的男士，在门口转身回应："你先保管他的行李。你也可以把书留下：这是一本悬得不能再悬的犯罪动机小说，中心思想是别跟你不能撂在客厅地板上留给用人收拾的那类女孩搭讪。"说完她继续领着她的男士往门外走。

此刻，他还在挣扎。"我不想去。我想留下。我今天早上就在这看见你了，我立刻离开了，我想离开。"他试图挣脱出来。

"我有辆车停在外面。"莉丝说着推开狭窄的旋转门——他像是被逮捕了一样。她把他带到车前，松开他的胳膊，自己钻进车里坐到驾驶座上，等着他从另一侧上车，坐在她旁边。然后她驱车和他离去。

他说："我不知道你是谁。我这辈子从来没见过你。"

"这不是重点，"她说，"我找你找了一整天。你浪费了我的时间。这一整天！而且我一开始判断就是正确的。从早上我看见你的第一眼起。我就知道你是我要找的那个人。你对我的路。"

他瑟瑟发抖。她说："你之前在一个诊所里。你叫理查德。我是从你姑妈那儿知道你叫什么的。"

他说："我接受了六年的治疗。我想重新开始。我们全家都等着见我呢。"

"诊所里所有房间的墙是不是都刷成了浅绿色？一到晚上是不是就有个彪形大汉在病房门口来来回回巡逻，以防万一？"

"是的。"

"别抖了，"她制止他，"你那是精神病院后遗症。马上就过去了。你到诊所之前在监狱待了多久？"

"两年。"他回答。

"你是用绳子勒的还是用刀捅的？"

"用刀捅的，但她没死。我从来没杀过女人。"

"没杀过，但你想杀。我今天早上就看出来了。"

"你以前从来没见过我。"

"那不是关键，"莉丝说，"不过是顺嘴一提，关键你是个性欲狂。"

"不，不，"他说，"那都是过去，都过去了。现在不是了。"

"你在我这儿是没性可言的，"莉丝一路开过公园，然后右转朝亭子开去。所见之处一个人影都没有。之前溜达的人群已荡然散尽，车子也都开走了。

"性已经正常了，"他说，"我已经被治好了，性已经可以了。"

"当时确实还可以，之前也还可以，"莉丝说，"问题在于之后。这么说吧，除非你就彻底只是个动物，否则大部分的时候，之后都挺难过。"

"你害怕性。"他语气几乎有点愉悦，似乎感到一个控制局面的机会。

"只怕之后，"她说，"但这已经无关紧要了。"

她停在亭子跟前，看着他："你抖什么？"她告诉他，"马上就结束了。"她伸手拎过她的拉链包，打开来。"现在，"她说，"咱们把话说在明处。这是你姑姑给你的礼物，一双拖鞋。你可以晚点再拿。"她把拖鞋扔到后座上，又掏出一个纸袋子。她往里面看了一眼，"欧珈的丝巾。"她说了一句，又把袋子塞回去。

"不少女人都是在公园里被杀的。"他靠在座椅靠背上，他已经平静下来了。

"是的，当然，因为她们自找的。"她还在包里摸索着。

"别太过火。"他平静地说道。

"那就看你的了。"她说着掏出另一个纸袋，朝里看了一眼拿出那条橙色丝巾。"这条是我的，"她说，"白天看颜色很好看。"说着她把丝巾挂在脖子上。

"我下车了，"他说着推开他那侧的车门，"走吧。"

"稍等一下，"她说，"就一下。"

"很多女人都被杀了。"他说。

"是的，我知道，她们自找的。"她拿出那个长方形的包装盒，撕开包装，打开盒子，里面是那把套在刀鞘里的裁纸弯刀。"另一份给你的礼物，"她介绍说，"你姑妈给你买的。"她把刀从盒子里取出来，随手将盒子扔出窗外。

他不同意："不是的，她们并不想死。她们还是挣扎的。我知道。但是我从来没杀过一个女人，从来没有。"

莉丝开门下车，手里攥着那把裁纸刀。"走吧，时候不早了，"她说，"我看好地方了。"

曙光即将降临，到了晚上，警察将会在他面前摊开那张地图，图上那座著名的亭子的小图标上打着个叉。

"你做的标记？"

"我没有。肯定是她自己标的。她轻车熟路。她直接把我带过去的。"

他们会逐渐透露给他，一丁一点地：他们早就掌握了他的案底。他们会冲他咆哮，他们会在桌子面前交换位置，他们会进进出出这间小办公室——他们一直被不安和恐惧困扰着，甚至在她的身份和来路被核实清楚之前。他们会掩饰自己的沮丧、尝试和颜悦色地跟他摆事实讲道理：已有的证据似乎都在证实他说的是真话。

"上次你失控的时候，不也是开车把一个女人带到郊外去的？"

"但这次我是被带去的。她逼我去的。她开的车。我不想去。我碰上她纯属偶然。"

"你以前从来没见过她？"

"第一次见是在飞机上。她坐到我边上，我换了座位，我当时很害怕。"

"害怕什么？什么吓着你了？"

翻来覆去，一轮一轮的审讯，进展极为缓慢，总是绕着相同的问题打转，像蜗牛壳上的螺纹。

莉丝走到亭楼巨大的窗户前，贴在窗子上朝里张望，他跟在她身后。然后她绕到亭子后侧，朝篱笆走过去。

她说："我就躺在这里，你用我的丝巾把我的手捆上。我把手腕叠在一起，照规矩来。然后你再用你的领带把我的脚腕也捆上。

然后你就捅我。"她先指着喉咙。"先捅这儿,"再指着胸前两侧,"这儿和这儿,然后随你便。"

"我不想干这事,"他直视她的双眼,"我没想事情会弄成这样。我的人生完全不是这么规划的。放我走吧。"

她把裁纸刀从刀鞘里拿出来,感觉着刀刃和刀尖,然后说不算太锋利但够用了。"别忘了,"她补充,"这是把弯刀。"她盯着手中刻着花纹的刀鞘,然后任它从指尖滑落。"你捅进去之后,"她说,"一定要往上转一下,否则可能刺得不够深。"她示意腕部动作。"你会被捕,但你至少还能幻想一下开车逃走的机会。所以事后别浪费太多时间盯着你的作品看,你干出来的作品。"说完她就地躺在碎石路面上,他拿起刀。

"先把我的手绑上,"她说着把手腕交叠在一起,"用这条丝巾。"

他绑上她的双手,然后她尖声短促地让他解下领带捆住她的双脚。

"不,"他说,俯身跪跨在她身上,"脚不能捆。"

"我一点儿性也不想沾,"她叫道,"你可以事后再干。捆住我的脚先把我杀了,再说别的。他们早上会来把现场清理了。"

不由分说,他高举着那把刀进入了她体内,高举着那把刀。

"杀了我。"她用四种语言重复着。

刀扎入喉咙的那一刻，她发出嘶喊，显然是在体验结局的最终一击，她的嘶喊被汩汩流出的鲜血淹没，他一刀刺进去，又拧了一下手腕——毫厘不差地按照她的指示。接着他四处随意下刀，然后站起身来，看着自己的所作所为。他站在那儿看了一阵子，然后转身准备离去，又迟疑了一下，仿佛忘了她关照的哪一条。突然他扯下领带，又蹲下去把她的双脚捆在一起。

他跑向那辆车，还想碰碰运气，但深知他最终还是会被抓住，车子离凉亭越开越远，他眼前已浮现出警察局那间可怜的小屋子，警察吭里咣当地推门进进出出，笔录员在一旁噼里啪啦地敲着他那馁弱的口供："她让我杀她我才杀的她。她说好几门语言，但都是让我杀她。她明确告诉我具体要怎么杀她。我本想开始新生活的。"他已经看到他面前的警察身上的纽扣闪闪发光，他们或冰冷地窃窃私语，或激动地咆哮怒吼，他们制服上的警徽、肩章，等等，一切装饰无不发挥着掩护的功效，好让他们遮掩住那见不得人的恐惧和怜悯、怜悯和恐惧。